2012

O Segredo do Monte Negev

Ricardo Valverde

2012

O Segredo do Monte Negev

novo século®

São Paulo 2012

Coordenadora Editorial Leticia Teófilo
Preparação de Texto Maira Cammarano
Revisão Nair Ferraz
Capa Carlos Eduardo Gomes
Diagramação Adriano de Souza

Texto de acordo com as normas do Novo Acordo Ortográfico da Língua Portuguesa (Decreto Legislativo nº 54, de 1995)

Dados Internacionais de Catalogação na Publicação (CIP)
(Câmara Brasileira do Livro, SP, Brasil)

Valverde, Ricardo

2012 : o segredo do Monte Negev / Ricardo Valverde. – Barueri, SP : Novo Século Editora, 2012.

1. Ficção brasileira I. Título.

11-14900 CDD-869.93

Índices para catálogo sistemático:
1. Ficção : Literatura brasileira 869.93

2012
IMPRESSO NO BRASIL
PRINTED IN BRAZIL
DIREITOS CEDIDOS PARA ESTA EDIÇÃO À
NOVO SÉCULO EDITORA LTDA.
Alameda Araguaia, 2190 – Conj. 1111
CEP 06455-000 – Barueri – SP
Tel. (11) 2321-5080 – Fax (11) 2321-5099
www.novoseculo.com.br
atendimento@novoseculo.com.br

Para meus avós, com saudade.

A vida é um calvário. Sobe-se ao amor pela dor, à **redenção** *pelo sofrimento.*

Abílio Guerra Junqueiro,

pensador, poeta e escritor português.

Prólogo

Sybila,

Quando esta carta chegar às suas mãos, já estarei a caminho de Jerusalém, próximo ao Monte das Oliveiras, para cumprir a missão que escolhi e que a mim fora confiada. Eu sempre fugi de situações que colocavam meus olhos frente a frente com o espelho, na tentativa de não enxergar quem realmente sou. Nunca quis ter de responder questões, cujo assunto viesse a penetrar dentro da escuridão de minha alma, para que eu não tivesse que me deparar novamente com erros tão cruéis, que infelizmente cometi no passado. É mais confortável e mais prático deixar todos esses tesouros malignos trancafiados secretamente nos porões da existência e seguir com a minha vida. Não é assim que se faz?

Mas, todas as vezes que tentei fazê-lo, os mesmos pesadelos, os mesmos espíritos dançantes das trevas, crucificaram a minha paz e levaram-me a desmoronar em culpa, impedindo-me de prosseguir. Já vi, ao longo de todas as minhas passagens por este planeta, diversos tipos de sofrimento, mas a culpa e o remorso são definitivamente, e sem sombra de dúvida, os piores. Eles pregam seus punhos, arranham sua cabeça com uma coroa de espinhos, chicoteiam a sua pele até seus órgãos internos ficarem à mostra, e lhe amarram sem piedade em uma cruz só para que o mundo todo assista à sua destruição. Eu não posso mais conviver com isso. Aceito a minha missão com amor, gratidão e, principalmente, como um caminho para a redenção. Sei que ela me levará à morte, mas, acima de tudo, ela irá me despir de um peso que carrego há muito tempo e que me mostra os dentes a cada segundo, com hálito de fúria e fome, como um lobo a perseguir sua presa, cujo destino já está traçado e a sua sentença de morte assinada.

Embora você saiba de toda a verdade, ainda não me sinto confortável para aceitar-me de maneira completa. Por essa razão, escondo-me sob esta batina e atrás do nome que recebi e utilizo neste pequeno lapso de vida. Talvez, quando a minha missão estiver cumprida e a menina Cristo retornar à Terra com total segurança, eu esteja pronto para assumir sem medo minha verdadeira identidade. Por enquanto, assino apenas como Padre Horácio.

Segunda-feira, 17 de dezembro de 2012.

2003

Capítulo 1

Roma, Itália
11 de dezembro de 2003
Quinta-feira

O CHAMADO URGENTE

O vento uivava como um lobo selvagem naquela fria manhã de inverno tipicamente europeu, e colocou minha batina para dançar diante de suas rajadas firmes e sombrias, que percorriam as ruas estreitas de Roma, tão logo coloquei meus pés para fora da igreja Santa Maria Del Popolo, da qual eu era o pároco responsável. A igreja foi erguida no século XI, exatamente no local onde Nero fora sepultado, e é muito famosa por suas maravilhosas capelas. Tem uma fachada simples, em mármore travertino, muito fiel à época renascentista. Em 1655, o Papa Alexandre VII decidiu restaurá-la e entregou-a aos trabalhos de Bernini, que lhe imprimiu uma expressão barroca, que perdura até hoje. Segui pela Praça Del Popolo a passos largos e apressados, deixando para trás o obelisco de Ramsés II, levado para Roma por Augusto em 10 a.C., e entrando na Via Del Babuíno à esquerda, na direção da Praça de Espanha. O céu estava encoberto por nuvens cinzentas e encorpadas à espera apenas de um pretexto para se libertarem da tempestade, que se anunciava breve e castigante. A ideia inicial era caminhar até a igreja Santa Maria Maggiore, mas a chuva que caiu sobre a cidade alterou o meu plano. Corri debaixo daquele lençol de pingos grossos e gelados até a estação de metrô Espanha e de lá segui de trem até a estação Cavour. Quando voltei às ruas, ensopado como se tivesse mergulhado no rio Tibre de roupa e tudo, a chuva já estava menos intensa e eu terminei meu trajeto a passos lentos e vagarosos, atravessando as vias Sforza e Paolina, até desembocar na lateral da igreja. "O que será que Dom Benedetto quer comigo?" Esse pensamento sangrou em minha mente enquanto eu me dirigia para as escadarias da entrada principal, onde avistei Frei Toninho sentado, provavelmente à minha espera.

Foi ele quem me procurou dias atrás me convocando para uma reunião urgente com Dom Benedetto.

– Bom dia, Padre – cumprimentou-me com um sorriso afetuoso.

– Bom dia, Frei Toninho. Como está? – eu disse educadamente.

– Bem – Frei Toninho respondeu oferecendo-me um abraço e um beijo no rosto. – Dom Benedetto quer conversar com você – ele finalizou.

Eu apenas assenti com um gesto de cabeça e acredito que não fui capaz de esconder o meu cenho preocupado, acompanhado por sobrancelhas apertadas e olhos semicerrados.

O interior da igreja passava por uma reforma sem muita importância, exceção feita ao altar, que estava sendo restaurado completamente.

– Quando fica pronto? – perguntei apontando para o altar, muito mais para esconder meus próprios fantasmas do que por sincero interesse.

– Mais duas ou três semanas, no máximo – Frei Toninho respondeu, sem deixar os passos diminuírem de velocidade. Mais tarde, quando Frei Toninho me levou de carro até a estação de metrô Cavour, disse-me que as cerimônias estavam suspensas já fazia aproximadamente sessenta dias e que os membros do Vaticano já haviam advertido Dom Benedetto por inúmeras vezes. Dom Benedetto cursou comigo as aulas de catequese. Sempre se mostrou um líder nato, o que chamou a atenção dos superiores, tanto para seu louvor quanto para a sua própria condenação. Fato que não o preocupava em hipótese alguma. Nunca nos tornamos amigos de infância, tampouco na época de juventude, embora nos encontrássemos diariamente. Ele costumava ficar com Sybila e eu, que morava do outro lado da cidade, mantinha contato com meus amigos de bairro, que hoje frequentam a minha igreja, geralmente, aos domingos.

– Cuidado com o degrau – alertou Frei Toninho, seguindo para o pátio do fundo da igreja.

– Obrigado – respondi, tentando descobrir, com os olhos atentos e arregalados, onde o perigo se encontrava, diante daquela escuridão toda. Talvez fosse por isso que um simples degrau se transformava em um perigo para os desavisados.

O pátio do fundo permanecia como sempre, paredes descascadas suplicando por pintura, que duvido que um dia alguém as atenda, e repleto de folhas secas caídas ao chão. Ele carregava um ar um tanto sombrio, exatamente como o misterioso Dom Benedetto, que me dava arrepios só de imaginar o motivo da reunião que estava para acontecer.

Desci as escadarias até o andar debaixo, mergulhado na penumbra, onde estavam os aposentos de Frei Toninho e de Dom Benedetto. O que me guiava era a silhueta das canelas finas do Frei, que continuava a caminhar a passos apertados à minha frente. Paramos na última porta do corredor e, antes que os dedos cerrados do Frei Toninho batessem na madeira ou girassem a maçaneta, uma voz grossa e forte surgiu lá de dentro e arrancou o último suspiro de tranquilidade que se escondia no interior de minha alma.

– Que bom que chegaram – foi o que meus ouvidos conseguiram decifrar em meio ao frio que já me atacava a espinha.

Pulei de um só golpe e o susto me apunhalou o peito. A porta se abriu sozinha, num grunhido assustador.

– Ela está reclamando por reparos – afirmou o Frei, num tom debochado. “Meu Deus do céu, onde estou?”, pensei, num súbito.

Apertei os olhos para me certificar de que não era apenas um pesadelo e, quando o avistei sentado à mesa, percebi que tudo aquilo era real, muito embora parecesse surreal demais para um simples Padre.

– Bom dia – eu disse de maneira cautelosa.

– Entrem! – Dom Benedetto ordenou.

Obedeci em silêncio e segui na direção da cadeira que já estava separada da mesa o suficiente para que eu me sentasse. Frei Toninho caminhou até a cozinha e trouxe duas xícaras de café que fumegavam calor e fumaça. A se julgar pela cena, aquele líquido escuro deveria estar ardendo em chamas e azedo toda a vida.

– Com licença – disse Frei Toninho, colocando as xícaras sobre a mesa de madeira nua e úmida. Depois disso, saiu do recinto minúsculo que nos abrigava.

– Bispo Horácio, bom dia – Dom Benedetto disse-me sem sorrir, com os olhos arregalados e atirados na direção dos meus. Eu desviei o olhar na tentativa de não o encarar. Pelo menos, não de imediato. Dom Benedetto era a única pessoa que eu conhecia que me chamava de bispo. Ele mesmo, há cerca de dez anos, quando pertencia ao clero do Vaticano, conferiu-me a honra e a nomeação desse título, sobretudo por eu ter me tornado um franciscano na época, e ofereceu a igreja Santa Maria Del Popolo aos meus cuidados.

A ordem dos Franciscanos foi fundada por São Francisco de Assis, na Itália, em 1209. Seus membros são pessoas religiosas, mas não são monges, como muitos pensam. Eles vivem nas grandes cidades ou próximo a elas, em conventos ou igrejas, e fazem voto de pobreza. Mas, eu estou longe de me apegar a costumes. Por vezes me visto como franciscano, com batina marrom e sandálias. Em outras oportunidades, visto-me como Padre, com batinas pretas, brancas e sapatos ou botas. Mesmo não tendo muita amizade com ele, o que me fazia admirá-lo ainda mais, passei a acreditar que ele via em mim qualidades que eu mesmo não conseguia enxergar. Olhei ao redor por um instante, talvez para esconder o medo que sentia dele, e avistei uma poltrona marrom ao lado de uma pequena janela, cuja vista era apenas de tijolos, e uma geladeira, disposta ao lado da porta, que era utilizada como armário. “Sinistro”, pensei deixando escapar um sorriso por entre os dentes cerrados e apertados.

– Sinistro mesmo – Dom Benedetto confirmou como se tivesse lido meus pensamentos e caiu na risada.

Eu congelei na mesma hora. Tentei disfarçar o susto e soltei uma risada forçada.

– Quando vai consertar isto? – perguntei de imediato.

– Nunca – ele respondeu, golpeando a mesa e rachando os lábios num riso alto e debochado.

"Ele é adoravelmente assustador", pensei rapidamente, esquecendo-me que ele lia pensamentos. Ele fitou-me, em silêncio.

– Você mandou me chamar? – perguntei. Queria saber logo do que se tratava a reunião para que eu retornasse a salvo, se possível, para a minha igreja.

Ele assentiu e começou a falar sem nenhum tipo de embaraço:

– Há aproximadamente três mil anos, um profeta que viveu na Pérsia, atual região do Irã, conhecido pelo nome de Zaratustra, teve uma previsão importantíssima sobre o futuro da humanidade. Tal profecia foi mantida em segredo e passada de boca em boca sem nenhum registro, na tentativa em vão de preservar vidas. Muitas pessoas que viveram ao seu lado, inclusive o próprio profeta, foram brutalmente assassinadas. O segredo chegou até os filósofos gregos, que imortalizaram a tal profecia em suas obras, mas nenhum especialista até hoje conseguiu decifrá-la, com exceção de três palavras sem nenhum sentido localizadas em uma das cartas de Platão para Sócrates: *Negev, pedra e gruta*. Dizem que Platão, filósofo grego que viveu entre os anos 427 a.C. e 347 a.C., aluno fervoroso de Sócrates, recebeu um chamado de Deus para visitar a Pérsia, pouco antes de sua morte. Motivo? Deixar um registro ao mundo sobre a profecia de Zaratustra. Ele seguiu em uma viagem de dias e noites de intensa tormenta. Chegou à Pérsia debaixo de uma chuva de areia de cegar os olhos. Ele quase perdeu a vista durante a viagem. Muitos atribuem a esse fenômeno único a ação da besta, pois se tratava do dia 6 de junho e os ponteiros do relógio marcavam 6 horas. Coincidência ou não, verdade ou mito, o número 666 estava presente. Platão foi levado às pressas até Israel, onde passou semanas sendo assistido por uma mulher conhecida como Hana, a curandeira, no interior de uma gruta, nos arredores do mar Morto.

– Por que está me contando tudo isto? – perguntei, impressionado e sem me dar conta de que o havia interrompido.

– Bispo, preste atenção! – ele advertiu.

– Está bem – concordei, colocando-me novamente em silêncio.

– Dizem que Platão, semanas depois de sua chegada à Terra Santa, misteriosamente escreveu a profecia de Zaratustra em uma pedra e que ela diz respeito à chegada de uma criança, que viria ao nosso planeta pela segunda vez, no ano em que o mundo fosse sucumbir. Há boatos de que essa pedra está submersa em um lago no interior de uma gruta localizada nas cercanias de Negev, um deserto árido e conhecido por sua inospitabilidade, e que suas palavras ainda podem ser lidas. Ligando um fato a outro, a profecia de Zaratustra, escrita por Platão durante sua turbulenta visita a Israel, relata o retorno de Cristo à Terra, no ano de 2012, data prevista para o final dos tempos. Os inúmeros terremotos que se abateram sobre o país, fizeram com que a tal pedra caísse dentro de um lago em forma piramidal, que para muitos é apenas imaginário, e que está ali à espera de alguém para ser lida e interpretada. Porém, para isso, há a necessidade de permanecer submerso nas águas congelantes do lago. Não sei a razão, mas, pelo que ouvi falar, ninguém voltou de lá com vida.

Dom Benedetto fez uma pequena pausa, como se garimpasse no interior de sua mente as palavras com enorme cuidado e delicadeza.

– Pode continuar – murmurei, aos sussurros.

– Você foi o escolhido para viajar a Israel, encontrar e trazer o conteúdo escrito nessa pedra na íntegra. Bispo, você não é obrigado a ir se não quiser. Pense e me responda.

– Até quando posso pensar? – perguntei.

– Dois minutos – ele respondeu, olhando na direção do relógio pendurado na parede ao lado de um crucifixo colocado de maneira totalmente torta, o que fazia o maior sentido, se tratando de quem morava ali.

– Imaginei que não seria algo diferente – comentei, sorrindo levemente.

– Você era o melhor aluno nas aulas de natação. Ficava debaixo da água por mais de um minuto, não se lembra? Quem melhor do que você para encontrar a pedra? – ele argumentou.

– Mas sou uma pessoa extremamente medrosa. Tenho dúvidas se sou eu a pessoa certa para esta missão – desabafei e fitei seus olhos de maneira direta pela primeira vez desde que iniciamos a nossa conversa.

Dom Benedetto segurou minha mão. Ela estava molhada de suor e fria como gelo. Em contrapartida, a dele era quente como fogo e chegava até a formigar meus dedos. Ele fitou meu rosto com os olhos estreitos e disse em tom severo:

– Bispo, você está disposto a perder a sua vida por essa criança?

Eu assenti enquanto meus olhos vermelhos e ardentes se desmantelavam em lágrimas.

– Será uma honra – sussurrei como pude.

– Amanhã pela manhã, por volta das 7h30, Frei Toninho te levará ao aeroporto e você vai seguir em uma viagem de cinco dias a Israel. Uma pessoa de nossa confiança estará te aguardando no Aeroporto Internacional de Ben Gurion e ficará com você durante esses dias. A viagem será exaustiva e perigosa, portanto, vá para casa, prepare suas coisas e descanse – Dom Benedetto sentenciou.

Eu assenti, dei-lhe um abraço e, com os olhos estreitos de tensão, deixei a igreja e segui com Frei Toninho para a estação Cavour do metrô. Permaneci em total silêncio durante o trajeto, pensando em tudo o que a mim fora confiado.

Eram quase 13 horas e eu estava com o estômago nas costas de tanta fome. Desisti de pegar o metrô e, mesmo sob uma garoa fina, que descia de maneira gelada e intensa, parei em um restaurante na esquina da Via Leonina com a Via Dei Serpenti, em frente à Avenida que desemboca no Coliseu. Comi um nhoque ao pomodoro e uma salada de batatas com cenoura e azeitonas. Aproveitei o momento para esquecer a minha missão por cerca de alguns minutos e deixei que aquela comida deliciosa me invadisse e tomasse conta de meu corpo.

Após o almoço, segui caminhando até a estação Coliseu do metrô, localizada na entrada do monumento mais visitado em todo o mundo, e cheguei à estação de Espanha, de onde parti a pé até a Praça Del Popolo, onde me sentei para descansar, aproveitando que a garoa havia desistido de castigar a cidade e um sol tímido se anunciava entre as nuvens cinzentas que ainda cobriam o céu de Roma. Alguns turistas, com enormes e lindos sorrisos rachados nos lábios, chamaram a minha atenção e arrancaram-me de meus intensos devaneios. Com seus enormes mochilões pendurados nas costas e máquinas fotográficas em punho, divertiam-se fotografando as igrejas gêmeas, ao fundo da Praça. Elas foram iniciadas por Carlos Rainaldi e finalizadas por Bernini, durante o papado de Alexandre VII. Santa Maria in Montesanto e Santa Maria Dei Miracoli são muito famosas pela sua simetria. O que mais impressiona é que elas foram construídas com um intervalo de três anos de diferença.

Minha mente permaneceu vazia durante um enorme tempo e meus olhos perderam-se na beleza da Praça Del Popolo juntamente com os turistas mochileiros que ainda registravam cada metro quadrado dela. Lembrei-me das palavras de Dom Benedetto e uma flechada de medo perfurou a paz que meu coração sentiu durante aqueles poucos minutos. Sorri ao me lembrar das aulas de natação quando ainda era um jovem de 18 anos. Sempre que os exercícios terminavam e o professor Federico Alfonso nos deixava livres para brincar e explorar a piscina, os alunos competiam para ver quem ficava mais tempo debaixo da água. Dom Benedetto era bom, permanecia por volta de quarenta segundos. Arthur era melhor do que ele, conseguia ficar por cerca de cinquenta e cinco segundos. Mas eles não eram páreo para mim. Eu ficava quase dois minutos lá embaixo, em absoluto silêncio. Na verdade, exatos um minuto e quarenta segundos. Quando eu colocava a cabeça para fora, até meu professor me saudava com palmas. Eu cheguei até a pensar em desistir da vida religiosa e ser um nadador profissional. Será que eu teria conseguido? Será que eu teria levantado a bandeira da Itália em alguma competição olímpica? Sorri com ternura, arregalei os olhos, ardendo em lágrimas, e fitei a igreja Santa Maria Del Popolo à minha frente. Minha vida estava ali, a poucos metros de mim.

A vida que me trazia algum sentido.

Cheguei ao meu quarto, que ficava no subsolo da igreja, por volta das 18 horas. Tomei um banho morno e mergulhei sobre a cama, sem me dar ao trabalho de desarrumá-la.

Segurei meu terço com enorme fé e em oração pedi a Deus que me acompanhasse durante a missão que se iniciaria às 4 horas do dia seguinte, momento exato que eu acordaria para arrumar a minha mala. Dormi um sono pesado e sem sonhos. Acordei na hora marcada com três palavras martelando em meus pensamentos: "Negev, pedra e gruta".

Capítulo 2

Manhã seguinte

O MEU PRIMEIRO ENCONTRO COM A BESTA

Abri meus olhos antes do despertador soar. Na verdade, eram 3h48 da madrugada, estava geando, a se julgar pela fumaça que saía de minha boca a cada rajada de respiração e pela tremedeira dos meus ossos que pareciam ter dormido dentro do *freezer*. Permaneci deitado olhando para o teto em busca de matar o tempo. Sabia que não conseguiria voltar a dormir e, caso conseguisse, não valeria a pena fazê-lo por apenas doze minutos. Estendi o braço e acendi o abajur, até então inoperante sobre o criado-mudo de madeira escura, disposto entre a minha cama e a janela, de onde se via apenas um pequeno jardim espremido num corredor entre as paredes da igreja e o muro que a separa da rua e da Praça. Fiquei surpreso ao perceber que havia dormido de batina. Eu me lembrava de ter tomado banho quando cheguei ao meu aposento. Deveria estar tão aturdido em meus pensamentos que acabei por colocar a mesma roupa, ainda úmida da chuva, e me jogar na cama de qualquer maneira. Fiz minhas orações matinais e senti um forte cheiro de queimado. O abajur estava aceso, mas o aroma esfumaçado não vinha dele. A lâmpada disposta nua no teto estava apagada e o interruptor que ficava ao lado da porta estava intacto e em perfeitas condições. A cozinha ficava do outro lado do corredor, em frente ao cômodo onde meu substituto dormiria a partir daquela noite. Achei por bem dar uma checada. Nada estava fora do lugar. O fogão permanecia desligado assim como o botijão de gás. Retornei ao meu quarto e estranhei encontrar a janela aberta. Eu só percebi porque as cortinas finas, mais transparentes do que brancas, dançavam com o vento congelante que soprava do lado de fora. Arrumei a cama, coloquei a Bíblia sobre ela e o terço sobre a cômoda logo em frente, onde se avistava uma porta com um retrato de minha mãe, que já é falecida, e eu, quando pequeno. Eu deveria ter uns cinco anos naquela ocasião e sorria uma felicidade que acabei por perder em algum momento da juventude e não mais encontrei. Você vai ficando ocupado e acredita que vai se tornar feliz quando terminar tudo o que tem a fazer. Então, o depois chega e você ainda está ocupado, dia após dia, até se esquecer de que a felicidade sequer existe. Tenho 64 anos de idade, penso nela todos os dias, mas nem me lembro de como é o seu rosto. Fechei a janela que resmungou falta de manutenção e segui para o banheiro. Precisava lavar o rosto e fazer a barba antes de arrumar a mala. O cômodo era minúsculo. Havia uma pia redonda onde se acomodava uma caneca de barro contendo uma escova e uma pasta de dente apoiadas na borda. Um espelho castigado pelo tempo se apresentava preso à parede logo acima da torneira, ao lado de uma toalha de rosto pendurada num gancho enferrujado. À esquerda, cerca de meio metro de distância da pia, o vaso nu disputava espaço palmo a palmo com o chuveiro, sem divisória, fazendo com que eu me esforçasse para permanecer lá dentro e não ensopar o banheiro, às vezes, o quarto. Mesmo assim, eu o adorava. Ele era limpo, as paredes pintadas em um tom verde erva-cidreira e o azulejo branco espelhado o deixava bem aconchegante, apesar do tamanho. Estava escuro lá fora e a luz do abajur não era o suficiente para que eu me enxergasse no espelho. Acendi a luz do banheiro, abri a torneira e respirei fundo por três vezes seguidas. Senti o aroma de queimado mais uma vez e deixei pra lá dando de ombros. Por uma fração de segundos observei as gotas de água desaparecendo pelo pequeno orifício da pia e desejei ser uma delas. Seria muito mais fácil, com absoluta certeza. Lembrei-me de meu tio Afonso, irmão de minha mãe, que ajudou a me criar e a manter boa parte das contas de casa, que, ao se deparar com situações difíceis, batia uma palma da mão na outra e dizia: "A graça da vida está justamente em ultrapassar os obstáculos difíceis". Eu o admirava muito por isso, principalmente porque sempre fui um sujeito medroso e acanhado. Costumo escolher o fácil ao difícil, apenas para não me expor. No fundo, eu sei que esse tipo de atitude, que ainda me persegue a cada momento importante da minha pacata vida, nunca me trouxe um sorriso liberto. Segurei um punhado de água em minhas mãos e esfreguei meu rosto com delicadeza e suavidade. A água gelada interrompeu meus pensamentos e me trouxe à realidade. Olhei de novo para o espelho e levei um susto ao me deparar com a imagem ofuscada de um Padre atrás de mim. Pisquei forte e arfei na tentativa de me acordar de um possível sonho, mas quando abri os olhos novamente, percebi que ele não havia desaparecido. Pelo contrário, o homem permanecia imóvel com um sorriso sarcástico nos lábios e me fuzilando com os olhos, enormes e avermelhados. Ele usava uma batina preta, um crucifixo pendurado de cabeça para baixo envolta do pescoço e tinha as feições do rosto iguais às minhas, como se fosse um irmão que eu ainda não conhecia. Virei o corpo de um só golpe e me acuei apoiando as minhas costas na pia molhada. A torneira ainda pingava e esse era o único som que meus ouvidos captavam, já que minha garganta seca engolia qualquer desejo de gritar. Ele estava descalço e cada um de seus pés tinha seis dedos e, por mais bizarro que possa parecer, suas mãos eram gigantes e tinham apenas três dedos cada. As unhas eram grandes e volumosas, como as de um animal feroz. Ele soltou um grunhido. Eu permaneci imóvel à espera de um golpe que veio segundos depois. Consegui me esquivar num salto e com apenas um gesto saí do banheiro e fechei a porta com força. A luz se apagou e eu ouvi os cacos do espelho se espatifando no chão. Arregalei os olhos e levei as mãos à altura do peito, que doía a marteladas. Uma batida na porta me trouxe a esperança de sair daquele quarto com vida. "Frei Toninho", pensei, dando graças a Deus. Mas, antes que eu a abrisse, o despertador soou forte como um estouro.

Eram só 4 horas e então me dei conta de que era muito cedo para ele vir me buscar. Desliguei o despertador com um soco. Um novo pulsar agitou a porta e ecoou preenchendo todo o aposento. Sabia que não era Frei Toninho, mesmo assim, girei a maçaneta com enorme cautela e à espera de um milagre. Era ele de novo, ou melhor, o outro de mim. O Padre avançou em meu pescoço com aquelas patas de três dedos e me derrubou no chão. Eu consegui segurar o pé do sofá. Ele se atirou sobre meu tronco desarmado com intensa raiva e distribuiu bofetadas ardidas em meu rosto. Meu pescoço começou a sangrar e respirar era cada vez mais difícil. Suas unhas encravaram em meu braço e ele me arrastou na direção da cama. Eu consegui segurar a Bíblia e a atirei em cima dele. Ele sorriu e saiu de cima de mim. Seus olhos pareciam os de um lobo selvagem. Joguei o abajur na direção de suas pernas. Seu corpo arqueou e ele vacilou por um segundo, o suficiente para que eu deixasse o quarto. Ele correu atrás de mim. Eu subi as escadas tateando com as mãos o corredor escuro. Olhei para trás e observei aqueles dois holofotes redondos e vermelhos a me seguir com ódio e fome. Arrombei a porta com um chute e ajoelhei-me diante da imagem de Nossa Senhora no altar da igreja. "Estou a salvo", pensei com convicção. Aos poucos fui me acalmando. Olhei na direção da porta arrombada e escancarada e o vi desaparecer na penumbra. Orei por alguns bons minutos antes de retornar aos meus aposentos para verificar os estragos deixados por aquele encontro inóspito e inusitado e para arrumar a mala. Levantei-me com coragem e segui na direção de meu quarto sem titubear. Pela primeira vez em minha vida podia dizer com absoluta certeza que não estava com medo. Ele voltaria horas depois no avião que me levaria a Tel Aviv, mas resolvi curtir com um leve sorriso nos lábios a sensação que me preenchia de um modo totalmente novo. Não cheguei a me importar com a cena que meus olhos testemunharam. O sofá estava com um dos pés partidos, a Bíblia caída ao chão com inúmeras folhas soltas e espalhadas por quase todo o piso, dividindo o espaço e as atenções com o abajur despedaçado, tal como um enorme mosaico a ser montado. O banheiro estava fechado e com a luz apagada. Abri a porta com cuidado e acendi a luz, espantando o medo que começava a me dar as boas-vindas. Não havia ninguém, para a minha sorte. Apenas os cacos quebrados do que um dia fora um espelho dispersos pelo azulejo branco. Com calma e com a mente anestesiada, eu limpei o banheiro e em seguida tomei um banho quente. A barba eu deixei por fazer. O meu pescoço ainda doía muito e escorria um pouco de sangue. Meus braços estavam com hematomas roxos onde algumas manchas de sangue também se faziam visíveis. Vesti-me com minha batina branca, beijei o crucifixo de meu pescoço e arrumei minha mala com rapidez e facilidade. Joguei duas batinas, uma marrom e outra preta, algumas cuecas e meias, uma blusa de lã e uma toalha de banho. Por fim, meus documentos e produtos de higiene. Era tudo. Olhei para o relógio e os ponteiros marcavam 6h55. Estava quase na hora. Antes de subir à Praça e esperar pelo Frei Toninho, corri na direção do cômodo ao lado, onde Padre Mariano se hospedaria enquanto eu estivesse ausente, apenas para me certificar de que estava em boas condições. Padre Mariano foi meu amigo de infância e, durante os estudos de catequese e eucaristia, era como um irmão para mim. Suas cerimônias sempre se mostraram muito belas e a minha igreja estaria em ótimas mãos durante aqueles cinco dias. Voltei ao meu quarto e decidi não arrumar a bagunça. Mas, antes de trancar a porta e levar as chaves comigo, resolvi ler um trecho de uma das folhas da Bíblia que permaneciam jogadas no chão do aposento. A porta estava aberta. Uma rajada de vento gelado atravessou minha espinha e meus ossos voltaram a tremer como no início da madrugada. Escolhi uma página a esmo, rasgada e amassada, e a apoiei entre meus dedos. Para minha surpresa, pertencia ao Livro do Apocalipse, 13:18, e falava sobre a Besta: *Aqui há sabedoria. Aquele que tem entendimento calcule o número da besta: porque é o número de um homem, e o seu número é seiscentos e sessenta e seis.*

Descobri que não fora uma escolha ao acaso. Como num lampejo, percebi quem havia me visitado durante a madrugada. “É claro! Só pode ser!”, pensei. Seis dedos em cada um dos pés e três dedos em cada uma das mãos. Deixei escapar as lágrimas que insisti em segurar por toda a manhã e lembrei-me das palavras de Dom Benedetto. *Pode ser apenas uma coincidência, mas o número 666 estava presente.* Tive a certeza de que minha missão já havia começado antes mesmo de eu me aventurar nas areias da Terra Santa.

Capítulo 3

Israel
12 de dezembro de 2003
Sexta-feira à tarde

PADMA YONTEM

Frei Toninho chegou exatamente às 7h30 da manhã, como havia sido tratado por Dom Benedetto. Ele apresentava um sorriso largo em seus lábios, que desenhavam um humor e uma disposição invejáveis. Vestia uma batina preta e trazia em suas mãos um copo de café e dois pães de queijo, que deveriam estar deliciosos. Cumprimentamo-nos com um abraço e suas mãos se estenderam para me entregar o copo e a caixinha contendo os pães. Eu agradeci em silêncio e entreguei-lhe a minha mala para que ele a colocasse atrás do assento do passageiro. Entrei no carro o mais rápido que consegui. Estava faminto e queria aproveitar que o café estava quente para me aquecer um pouco. Naquela manhã, o céu estava protegido por nuvens cinzentas que escondiam o sol e uma boa parte da claridade, trazendo uma sensação mais congelante do que os termômetros da cidade transmitiam. Assim que o carro deu a partida, eu abri a caixinha e devorei os pães de queijo macios e crocantes. Lembrei-me de quando era pequeno, aqui mesmo em Roma, minha mãe me esperava nos degraus do edifício onde morávamos, próximo ao Panteón, onde está a tumba de Rafael, com um sorriso angelical e um pacote com dois pães de queijo. Eu adorava!

O trânsito se apresentava estranhamente tranquilo, provavelmente porque ainda era muito cedo para um italiano estar na rua. O Aeroporto Leonardo Da Vinci, por sua vez, era um formigueiro de gente carregando malas, o que não era nenhuma surpresa, pois estávamos a praticamente duas semanas do natal, que por coincidência também era o dia do meu aniversário. Chegamos lá por volta das 9 horas, tempo suficiente para fazermos o check in e despacharmos a bagagem. O meu voo estava marcado para o meio-dia com chegada prevista em Tel Aviv, no Aeroporto de Ben Gurion, por volta das 15h30. De lá, mais uma hora de carro e então a maratona chegaria ao fim.

Despedi-me de Frei Toninho e segui para a aeronave. Sentei-me na poltrona próxima à janela, o que me agradava, e antes de entregar-me ao sono, já que minha madrugada não havia sido nada tranquila e relaxante, concentrei meus pensamentos na missão que me caberia cumprir. Precisava encontrar uma caverna, conhecida como "A gruta de Zaratustra" e ler o documento que Platão deixou escrito em uma rocha, que deveria estar submersa em um lago de forma piramidal, de onde ninguém até hoje, pelo o que Dom Benedetto me confessou, voltou com vida.

Meus olhos percorreram o corredor do avião e notei que havia mais um Padre entre os passageiros. Era um jovem sorridente e de semblante simpático. Seus cabelos eram ondulados e alaranjados e ele tinha uma barba dourada, pendurada na altura do queixo. Se não estivesse de batina e um terço disposto ao redor de sua mão, apostaria que ele era um guitarrista famoso de uma banda de rock. Eu lhe dei um aceno e ele me retribuiu com um olhar carinhoso. Foi o último gesto de que me lembro antes de meus olhos se cerrarem e eu mergulhar em um sono profundo e sem sonhos. Dormi todo o trajeto e acordei com a aeromoça Madalena, uma jovem alta, bonita, de rosto pálido, olhos grandes e redondos, e lábios vermelhos e bem robustos, sacudindo-me:

– Padre! Padre! Chegamos! Bem-vindo a Israel.

– Desculpe–me, senhorita – balbuciei com a voz baixa e trêmula.

Acordei aos poucos, como se estivesse me recuperando de um desmaio e segui com os demais passageiros para a ala de desembarque. Tel Aviv, ao contrário de Roma, encontrava-se sob um céu azul-claro, com o sol a pino e a temperatura batendo na casa dos 20°C. Eu já havia visitado o país, há muito tempo, quando participei de um seminário com Padres franciscanos na igreja das Carmelitas, em Haiffa.

Na ocasião, não tive a oportunidade de conhecer seus segredos, já que passei cinco dias estocado dentro de uma minúscula igreja, em um auditório bonito e amplo com aroma de mofo e alho. O aeroporto de Ben Gurion, decorado com pilastras douradas banhadas a ouro, repleto de lojas, música e gente do mundo todo, está localizado a cerca de 15 quilômetros da animada área comercial de Ramat Hachayal, de um dos bairros mais frequentados de Tel Aviv, Neve Tzedek, e do centro da cidade.

Havia um carro à minha espera, um furgão que fazia um enorme esforço para se manter na cor branca e para trocar de marcha. Estranhei ao me deparar com um motorista de tez amarelada, cabeça raspada e olhos estreitos. Era um asiático de olhar doce e cenho simpático que se vestia com uma túnica alaranjada. Ele transmitia calma em seus delicados gestos e, a se julgar pela tranquilidade que colocou minha mala naquela carroça, deveria ser um monge budista.

– Você deve ser o Padre Horácio, estou certo? – ele sussurrou, com as mãos em posição de prece, pouco antes de abrir a porta do furgão. Um grito de ferrugem me fez dar um pulo de susto e ele caiu na gargalhada.

– Sim, e você é...

– Padma Yontem, monge budista – ele completou, ainda com os lábios trepidando de tanto rir.

– Muito prazer – eu disse, educadamente, entrando no carro. Fechei a porta com força e o grito de ferrugem se repetiu. Nós rimos.

– O prazer é todo meu. Temos um amigo em comum – ele anunciou, após alguns segundos em silêncio.

– Quem? Dom Benedetto? – arrisquei.

– O próprio – respondeu o monge. – Nos conhecemos já faz alguns anos, próximo ao Monte das Oliveiras – completou.

– Só podia ser – confirmei, com um sorriso terno.

– Ficarei com você nestes dias e qualquer coisa de que precisar é só me pedir.

– Ótimo! Não conheço nada por aqui e será um enorme alívio contar com a sua presença – murmurei, satisfeito. Senti-me seguro ao lado daquele homem que mais tarde se tornaria como um irmão para mim.

Durante o trajeto permanecemos em silêncio na maior parte do tempo. Vez ou outra meus olhos cruzavam-se com os dele e sorríamos meio sem jeito. O caminho até o nosso primeiro destino, uma pequena cidadezinha costeira, levaria aproximadamente cinquenta minutos, e era um verdadeiro contraste. Avenidas largas e modernas contornadas por uma enorme cordilheira de altas montanhas, areia, arbustos e rochas.

– Ficaremos em Cafarnaum, uma cidade gostosa, banhada pelo mar da Galileia e situada próximo a Jerusalém e à estrada que segue rumo ao deserto – ele disse, quebrando o silêncio.

– Tudo bem – respondi.

– Creio que você já conhece a fama do local, não é? – o monge me perguntou.

Eu assenti, mas sem convicção.

– Há quanto tempo vive aqui? – perguntei.

– Desde 1999 – ele respondeu prontamente.

– Cafarnaum foi a cidade onde Jesus reuniu seus discípulos e iniciou a sua missão antes de se deslocar para Jerusalém. Naquela época, a cidade ficou conhecida como a "cidade da cura" ou dos "milagres." Até hoje pessoas viajam para cá em busca de uma cura milagrosa quando a medicina não consegue reverter uma doença – disse-me com entusiasmo.

– Eu ouvi dizer isso – retruquei, mecanicamente.

– Rony, por exemplo, era um milagreiro conhecido como o "homem que fazia chover". Ele desenhava círculos na areia e ficava em seu interior conversando com Deus, enquanto agricultores esperavam por água para não perderem suas plantações. O milagreiro suplicava a Deus e se recusava a sair do círculo desenhado até que Ele mandasse chuva para a Terra. Rony era um homem extraordinário, mágico, fantástico, assim como outros milagreiros da época, mas nada comparado a Jesus.

– Por que está aqui? – perguntei ao monge.

– É uma pergunta justa! – ele sussurrou, sorrindo. – O que um monge budista está fazendo na Terra Santa, falando sem parar em Jesus Cristo? – anunciou, aos risos.

– É uma pergunta justa – concordei.

– Eu cheguei a Jerusalém, onde vivo, em meados do ano de 1999. Acreditávamos, após interpretações de inúmeras profecias, que o mundo chegaria ao seu fim no ano seguinte, culminando com a chegada de uma criança iluminada. Eu vim com a missão de protegê-la – explicou.

– Quem vocês esperam? – perguntei, com enorme curiosidade.

– Chegará à Terra, segundo os escritos tibetanos, o Buda Maitreya. Para vocês, a menina Cristo, como preferem chamá-la, e como também fora previsto em seus escritos. A diferença é que os escritos tibetanos foram guardados como um tesouro e as escrituras cristãs foram escondidas de maneira cruel – ele completou.

– Apenas caiu nas mãos erradas – sussurrei.

Ele assentiu.

– Estamos quase chegando – balbuciou, calmamente e com a voz baixa. – Mais alguns minutinhos e estaremos lá.

– Ótimo – arfei, demonstrando cansaço pela maratona da viagem e com o estômago suplicando por um desjejum, que já perdurava desde o início da manhã.

A história que eu acabara de ouvir era realmente fantástica e fazia total sentido para mim. Aquele monge budista, que já se tornara meu amigo, estava ali há cerca de três ou quatro anos, com a mesma missão. Fiquei feliz por ter encontrado um parceiro.

– Chegamos – ele disse, estacionando o carro ao lado de uma pequena igreja construída aos pés de uma montanha de areia e rocha, de onde era possível ver um ou outro arbusto se estendendo até o cume. Do outro lado, avistava-se um enorme e desabitado pasto, repleto de rochas grandes e prateadas jogadas a esmo pelo gramado que se estendia até o mar. Ao longe, observavam-se algumas árvores de carvalho desenhando um imenso caminho até uma vasta cordilheira a se perder no céu azul-claro. Sorri com ternura e alegria. Por mais difícil que minha missão viria a se tornar, e viria realmente a ser uma missão muito difícil, eu estava contente. Primeiro em estar ali, segundo em ter conhecido o meu amigo monge.

Padma Yontem pegou a minha mala e seguiu para a parte lateral da igreja, toda trabalhada em pedra e madeira. Permaneci, a passos largos, atrás do monge, que começava a desaparecer na penumbra. Entrei num corredor escuro que cheirava a umidade e passei a enxergar apenas o contorno do meu amigo à frente de mim.

– Segure-se na parede e desça calmamente. Todos os degraus são exatamente iguais – orientou o monge.

– Está bem – concordei.

Segui caminhando, degrau por degrau, com enorme cautela e com as mãos tateando as paredes de pedra e areia daquele corredor que deveria se estender até um porão que ele certamente chamaria de quarto. A penumbra perdurou por mais alguns metros e terminou quando meus olhos conseguiram enxergar um buraco na parede onde se revelava um cômodo encravado em meio às rochas daquela montanha.

– É uma caverna? – perguntei assustado e com enorme entusiasmo.

– Não, é o nosso quarto – ele respondeu, como se seus olhos estivessem testemunhando um castelo. E, de fato, deveriam estar.

– Certamente – consenti, aos risos. Seus lábios também caíram no riso. Em seguida, ele deixou a mala no chão e deu-me um abraço.

– Padma Yontem está muito contente em conhecer Padre Horácio – sibilou o monge.

Eu assenti sem a preocupação de esconder as lágrimas que encharcavam meus olhos e começavam a escorrer sem nenhum pudor ou obstáculo.

Aquelas palavras percorreram minhas células como um antibiótico para a tristeza e a insatisfação que geralmente acompanhavam meus dias. Eu era uma pessoa deslocada e meus demônios internos não me deixavam encontrar a paz em nenhum lugar dentro de mim. Tudo o que eu encontrava quando minhas mãos procuravam algo em meu coração era culpa e remorso.

– O que faremos agora? – perguntei, mais para puxar assunto do que por real interesse.

– Vou deixá-lo sozinho por umas duas horas. Você pode tomar um banho – ele disse, apontando para uma bacia e uma caneca jogadas no chão, apoiadas na parede de pedra ao fundo. – Pode deitar se assim preferir. Voltarei com comida e com tudo o que você irá precisar para a missão que começará amanhã – finalizou o monge.

– Você irá comigo? – perguntei quase que implorando por uma resposta positiva.

– Até chegarmos ao deserto. De lá, você partirá sozinho e eu esperarei no carro – ele respondeu, dando-me as costas e deixando o cômodo.

Um vento frio e repentino atravessou a densa massa de calor e tremeluziu meu corpo. Acho que aquela informação de que partiria sozinho fez com que o medo habitual me cumprimentasse. Resolvi tomar um banho com sabor de infância, já que, quando criança, minha avó Yolanda me dava banho de caneca em Florença, durante as férias escolares. Sorri uma lembrança gostosa, interrompida por um grito com o toque gelado das águas da montanha em minha pele tão logo meus dedos cerrados giraram a torneira de plástico improvisada em um cano pregado na pedra. Enquanto esfregava meu corpo, entre um arrepio e outro, olhei com atenção ao redor da caverna. Havia, atrás da bacia onde eu me limpava, uma vela cor-de-rosa colada a um castiçal com a própria parafina derretida pela chama. Uma cama disposta ao lado do buraco, que fazia as funções de porta, e uma cômoda de madeira crua comquatro gavetas. Uma pequena lâmpada nua se mostrava pendurada no teto por um imenso fio, coberto por teias e mais teias de aranha. Para finalizar, alguns filetes de sol e de luz penetravam o ambiente pelas imperfeições das rochas, mas não chegavam a iluminar o quarto, mergulhado na penumbra.

Aproveitei que estava só e sequei-me ao calor típico de uma caverna. Abri a mala e, mesmo sem enxergar quase nada, vesti-me com uma batina limpa e uma sandália de dedos. Já deveria ser final de tarde, deitei-me na cama para enganar a fome, que castigava o que restava de minhas forças, e para esperar pelo meu novo amigo.

Capítulo 4

Sábado

A CAMINHO DO DESERTO

Acordei com um filete de luz solar assando o meu rosto. Mal pude acreditar que meus olhos se mantiveram pregados desde o final da tarde de ontem e só se abriram agora. Fitei meu relógio por um instante, os ponteiros apontavam 8h25 da manhã. Meu corpo reclamava de um jejum de aproximadamente 24 horas, e eu estava até com receio de colocar algo num estômago oco e dolorido e o alimento não me cair bem. Mesmo assim, eu precisava de comida.

Sentei-me sobre a cama e explorei com os olhos abertos e atentos o cômodo de ponta a ponta. Havia uma cesta de frutas colorida e robusta sobre um móvel de madeira bem desgastado. Ao lado do cesto, dividindo o pequeno espaço, podia-se ver um prato com dois pães e um pequeno pote de vidro repleto de nozes. Perfeito para quem estava morto de fome. Antes de atacar a comida, procurei pelo meu amigo monge. Arfei com tranquilidade ao vê-lo sentado em meditação ao lado do buraco que dava acesso ao nosso quarto. Coloquei-me em pé com cautela para não atrapalhar a sua prática e me dirigi até o móvel de madeira. As gavetas estavam entreabertas e pude notar algumas peças de roupa em seu interior. "Devem ser as roupas dele", pensei. Milésimos de segundos depois, meus olhos se moveram instintivamente no caminho das frutas. Apanhei uma tâmara e a lancei inteira e diretamente à boca sem nenhum tipo de cerimônia. Uma mistura de alívio e ansiedade fez com que minha garganta engolisse a fruta sem que minha língua pudesse sentir o seu gosto. Lancei outra da mesma forma, mas desta vez a resguardei, fechei meus olhos e envolvi a tâmara como um cobertor protegendo o corpo contra o frio. Uma textura arenosa e úmida, extremamente doce e macia, invadiu o meu paladar e se espalhou por todo o meu corpo. Naquele instante o mundo todo se traduzia naquela pequena fruta.

– Olá – a voz de Padma Yontem fez meus olhos se abrirem de um só golpe e meus músculos travarem de susto.

– Bom dia, monge – cumprimentei meu amigo após me recompor.

– O que está fazendo? – ele me perguntou, olhando para minhas mãos que acabavam de apanhar uma banana.

– Estou comendo – respondi. Meus dedos já começavam a descascá-la.

– Não faça isso!

Meus dedos afrouxaram e a banana se espatifou em pedaços no chão arenoso.

– Sinto muito – desculpei-me pela banana caída ao chão, sem entender nada.

– Não tem por que se desculpar. O café da manhã está preparado lá fora. Vamos – ele me convidou com um sorriso gentil.

Eu assenti e agachei para recolher a banana do chão.

– Deixe isso aí, Padre Horácio – ele interpelou. – Venha comigo.

O corredor que nos levava até o lado de fora da igreja permanecia uma escuridão total. Mesmo assim, não demonstrei nenhuma dificuldade em atravessá-lo. Minha fome era tanta que meu estômago chegava a pesar. Lembrei-me de tatear as paredes de pedra enquanto meus pés se locomoviam sem distrações pelos degraus estranhamente uniformes. Uma luz forte penetrou meus olhos e eles se estreitaram por alguns bons segundos, até a claridade ser digerida por minhas pálpebras. Caminhei os últimos degraus e mais alguns passos ainda com os olhos semicerrados. Pronto! Eu estava do lado de fora da igreja e meus pulmões foram agraciados pelo ar puro da manhã. Eles não aguentavam mais aquele ar rarefeito e arenoso de dentro da caverna.

Sorri com espontaneidade pelo simples fato de estar onde eu estava. Caminhei ao lado de meu amigo na direção de um bosque, de onde se avistava as primeiras árvores de carvalho, que se estendia por centenas de metros.

Havia uma toalha cor de laranja estendida sobre o gramado em frente aos nossos pés. Sobre ela, uma jarra de suco e uma cesta de frutas infinitamente mais rica do que aquela que encontrei sobre o móvel minutos atrás. Pães, nozes descascadas, arroz branco e um bolo, que julguei ser de chocolate pela cor da cobertura, completavam aquela que viria a ser a minha única refeição nos próximos longos e tenebrosos dias.

Eu estava certo! Foi o bolo que eu ataquei primeiro, antes mesmo de me colocar sentado em uma posição de conforto. Acomodei-me melhor e mergulhei no restante da comida com fúria e fome. Padma Yontem fitava-me timidamente. Sorri com a boca cheia em sua direção e continuei em constante trabalho de mastigação.

Só depois de alguns minutos, quando meu estômago estava calmo como as águas do mar Morto, fui capaz de observar o dia com mais atenção.

Estava muito quente. Algumas nuvens se precipitavam por entre as folhagens dançando num céu limpo e azulado. Um vento fresco acariciou meu rosto e me aturdiu de encanto. Observei calmamente algumas poucas folhas caindo dos galhos de suas árvores com o gorgolejar da brisa fresca e se lançarem ao ar como pássaros pousantes à procura de um terreno sólido e confortável. Aqui tudo é seguro, pensei por um instante, enquanto as folhas adormeciam calmamente sobre o solo arenoso e pacífico de Cafarnaum.

Um minúsculo aroma de satisfação deu-me as boas-vindas e instalou-se em meu peito, empurrando um pouco para longe o medo do dia que viria atrás de mim a cavalgadas. Todas essas sensações atravessaram-me num lampejo. Fiquei ali, ao lado de meu amigo, experimentando e desfrutando daquele momento único, que, minutos depois, meu coração sabia que não sentiria mais.

– Você está bem? – Padma perguntou-me quase aos sussurros.

Apenas assenti com um gesto de cabeça.

– Padre Horácio, precisamos ir – sentenciou o monge. – Temos uma longa jornada até o deserto.

– Tudo bem – aceitei, com a voz trêmula.

– Vamos apanhar as coisas de que irá precisar e então partiremos – ele disse, levantando-se, dando-me as costas e seguindo na direção do corredor escuro novamente.

– O que devo levar? – perguntei, sentando-me sobre a cama já dentro da caverna.

– Trouxe-lhe esta mochila. Nela, há roupas e túnicas frescas, uma bota, uma lanterna com baterias de reserva, quatro garrafas de água, que você deve economizar, e, por fim, um cobertor térmico para o frio que abraça o deserto durante quase todas as noites.

– Roupas e túnicas frescas? – perguntei confuso.

– Nada de sandálias e batinas, meu bom amigo, a não ser que queira morrer cozido – ele disse, com gentileza e um sorriso tímido sem mostrar-me os dentes.

– Nada de batinas – repeti, em voz baixa.

– Segure isto – ele me ofereceu uma sacola plástica, enquanto colocava com cuidado a mochila em suas próprias costas.

– Obrigado! – agradeci, investigando o que havia dentro dela. Bananas, maçãs, nozes e pães.

– Estarei no carro esperando por você. Se quiser tomar um banho e orar, fique à vontade – ele disse. – Partiremos em trinta minutos.

– Monge? – chamei-o com delicadeza.

– O que foi? – o meu amigo perguntou, girando a cabeça e suspendendo o passo, que já irrompia o buraco da caverna e seguia rumo ao corredor escuro.

– Qual é o nome desta igreja? – perguntei, com a voz tênue e grata.

– Igreja São João do Apocalipse – ele respondeu. – Parece-me que o apóstolo e profeta João sibilou a outros profetas que, aqui em Cafarnaum, nesta igreja, uma ação importante aconteceria às vésperas da data do apocalipse. É uma história que passou a ser contada de pai para filho até que a batizaram com este nome – completou o monge.

– Obrigado – murmurei. "Faz sentido", pensei.

Lavei-me rapidamente, mas com muita ternura. Sabia que aquele seria o meu único banho em dias.

Pegamos o carro com os ponteiros marcando 10 horas. Supliquei para que o tempo demorasse a passar, mas, ao contrário de minhas tentativas em vão e de minhas preces, a manhã se arrastou a uma velocidade feroz e febril. Seguimos a Berseba, maior cidade do sul de Israel. Depois dela, só Eilat, a última cidade do país.

– É para lá que vamos? – perguntei, apontando na direção da placa, que se aproximava de nós.

– Não. Vamos ficar em uma região entre Sede Boker e Mitze Ramon, bem no coração do deserto, antes de Berseba. É um lugar muito bonito – confessou, olhando para minha direção.

– Esta bem – respondi, de imediato.

– O deserto de Negev corresponde a aproximadamente 60% de Israel, mas nós iremos nos concentrar apenas entre dois pontos. A reserva natural de Ein Odvat, onde Zaratustra se estabeleceu, e os arredores do Monte Negev, onde ele pregou enquanto esteve por aqui – explicou, calmamente, palavra por palavra.

– A caverna que devo encontrar está entre esses dois pontos? – perguntei ao meu amigo.

– Certamente – respondeu, sem pestanejar.

– Um lugar é próximo ao outro?

– Um ou dois dias a pé.

Meu corpo congelou. Senti o sangue formigar por entre as minhas veias chicoteando qualquer sinal minúsculo de paz, sentimento que meu coração e minha mente desconhecem completamente. Lembrei-me de quando era pequeno, eu devia ter uns 5 ou 6 anos, era um domingo de Páscoa e fui apresentado aos pesadelos noturnos. Depois daquela madrugada tenebrosa temperada ao vento gelado que fazia trepidar os vidros das janelas do meu quarto, minhas noites de sono têm sido de uma qualidade completamente escusa. Na infância, eram os monstros que me roubavam o sono. Eles eram fortes, grandes e peludos. Na juventude, os monstros tinham o meu rosto, o que me aterrorizava ainda mais. Muito parecidos com a besta que me atacou ferozmente na manhã de ontem. Agora, o simples fato de fechar meus olhos e enxergar o que há dentro de mim lança qualquer monstro na direção da lona. Um ardido agudo roeu as feridas deixadas em meu braço e em meu pescoço e trouxeram-me por um milésimo de segundo a companhia da besta. Acariciei-as com sofreguidão e meus olhos se encheram de lágrimas.

– Por que você não pode me acompanhar? – perguntei, para espantar aquelas nuvens cinzentas em forma de pensamentos que cobriam o céu da minha mente.

– Preciso voltar a Jerusalém ainda hoje para resolver alguns problemas burocráticos de documentação. Fora isso, uma profetiza que vive no Egito e nosso amigo, Dom Benedetto, aconselharam-me a deixá-lo só. Mas, não se preocupe! Eu vou estar aqui, onde termina a estrada, a partir de amanhã bem cedo. Qualquer coisa de que precisar volte a este ponto – Padma Yontem explicou, parando o carro. – Chegamos – finalizou.

– Tudo bem – aceitei minha missão com medo, mas como uma oportunidade de cicatrizar os ferimentos que fervem em minha pele muito mais do que qualquer raio solar escaldante que assola o deserto. Deserto que já se estendia à frente de meus olhos. Ele era lindo, assustadoramente imenso e lindo!

Descemos do carro e nos cumprimentamos com um abraço caloroso.

– Obrigado por tudo – agradeci, desabando em lágrimas. – Não sei se sou forte o bastante – confessei, aos prantos e com a cabeça apoiada no ombro do monge.

– Se não fosse, não estaria aqui – disse-me, aos sussurros. Suas mãos afagaram meus finos e escassos cabelos.

Ele colocou a sacola de comida dentro da mochila e ajudou-me a acomodá-la em minhas costas. Eu agradeci com um sorriso que delineou meus lábios em uma linha reta. Acenei para o carro que se afastava de mim com a velocidade de um raio, deixando para trás um rastro sobre o solo seco, fofo e desértico e lançando ao ar uma nuvem de areia que me engoliu em poucos segundos. Girei meu corpo na direção do deserto e permaneci ali, estático por alguns bons e longos minutos. Observei a imensidão daquelas montanhas de areia que se desenhavam a partir de meus pés. Enchi-me de coragem e dei o primeiro passo com uma cirúrgica cautela. Minhas pernas estavam trêmulas. Meus dedos transpiravam muito mais por meus receios que pelo calor que já fervia o ambiente. Sorri com delicadeza ao pensar na missão que se estendia do meu coração na direção do horizonte.

Começara ali, naqueles primeiros passos, a jornada que traria, ou não, a menina Cristo com segurança a este mundo.

Capítulo 5

Deserto de Negev
Dias seguintes

AREIA, PEDRAS E MONTANHAS

Eu já estava caminhando por algumas boas horas. O cenário era muito bonito, mas as minhas pernas pediam trégua assim como a minha garganta, que suplicava desesperadamente por água. O céu se revelava pintado de azul-claro com alguns poucos tracejados brancos, como se tivessem sido feitos a pinceladas, formando pequenas nuvens que flutuavam solitárias sobre o imenso mundo de areia. A tradução daquela visão era mais do que óbvia. Tais nuvens nunca viriam a se encontrar e nem de longe trariam chuva.

A túnica marrom com um enorme capuz colocado sobre um turbante fino e branco que me vestiam protegiam minha pele das queimaduras e o interior do meu corpo da desidratação, pelo menos enquanto o sol não mostrava todas as suas armas.

A maior parte do trajeto daquele início de jornada foi temperada por uma incrível e surpreendente ausência de pensamentos, o que para alguém como eu era quase impossível. Eu apenas me concentrava em caminhar. Todas as minhas energias estavam voltadas para que eu colocasse um pé na frente do outro em total sincronia, e uma momentânea sensação de tranquilidade me acertou, mesmo que de raspão. Meus ouvidos filtravam incansavelmente o pulsar do meu coração, que batia aos solavancos na altura da garganta. Este, o único som que escutei naquele interminável primeiro dia.

Encontrei uma pedra enorme e resolvi fazer uma parada. Sentei-me sobre ela por alguns minutos. Vasculhei minha mochila até encontrar uma garrafa de água. Puxei-a com força e despejei aquele líquido raro goela abaixo. Meus lábios, rachados e secos, tremeluziram num ardor forte, mas não o suficiente para me interromper ou me incomodar. Cerrei os olhos quando engoli as últimas gotas de água da garrafa, registrando a sensação de leveza que engolfou todo o meu corpo. Abri os olhos em seguida e fitei o cenário à minha frente mais uma vez, mas agora com mais atenção. Fotografei o percurso com a mente em um lapso de segundo. Ele era formado por um amplo quadrilátero de areia num tom marrom desbotado, cercado de pedras pequenas e arredondadas, que se estendia até uma sequência de altas montanhas desenhadas ao fundo e cujos cumes tricotavam boa parte do sol, que, a esta altura, já castigava sem piedade aquele ambiente lindo, hostil e esquecido.

Coloquei-me a caminhar logo em seguida. Pouco antes, verifiquei minha mochila, belisquei um pequeno pedaço de pão borrachudo, mesmo sem meu estômago pedir, e contei a quantidade de água que ainda tinha. Restavam três garrafas iguais àquela que fiz desaparecer em segundos como se fora um mágico ilusionista. "Tenho que ser mais inteligente e cauteloso daqui em diante", pensei em um silêncio preocupado. A noite chegou num piscar de olhos, juntamente com uma imensa cordilheira que se agigantava diante de meus pés e com o despencar abrupto da temperatura. Uma pequena lágrima nasceu de um dos meus olhos e percorreu minha face num escorregar afetuoso até morrer em meus lábios. Ela me trouxe um sentimento de dever cumprido neste primeiro dia de missão, mas de longe aparentava alegria. Pelo contrário, fui acometido por uma lembrança triste, distante e marcante, que preencheu o vazio e o silêncio da minha mente. Eu estava em um passeio escolar, devia estar com uns 12 anos incompletos naquela oportunidade. Gabrielle, a garota que na época me roubava o sono e quase me fez desistir da vida monástica, tamanho o meu amor por ela, estava à minha frente. Sua pele era lisa e morena, sempre queimada de sol, o que ressaltava ainda mais seus olhos redondos e esverdeados e seus cabelos compridos, lisos e negros. Seus lábios eram volumosos e delineados e seu sorriso, quase raro, era tímido e acanhado. Estávamos na cidade de Civitavecchia, que fica a cerca de 70 quilômetros de Roma, estudando a vida marinha. A cidade sempre foi muito cobiçada por sua posição geográfica, que atualmente favorece o comércio e no passado favoreceu as guerras. No verão, as pessoas lotam a cidade e se espalham por toda a orla da praia. Gabrielle pediu gentilmente que eu segurasse seus materiais escolares enquanto ela penteava seus lindos cabelos lisos e negros. Eu a atendi e enquanto equilibrava seus cadernos junto com os meus, lhe ofereci um sorriso meigo e amoroso. Ela guardou o pente no bolso de sua bermuda jeans desbotada e me devolveu um meio sorriso. Ao contrário do meu, ele era irônico e não combinava com seus olhos verdes, arredondados e simpáticos. Suas mãos apanharam um bom punhado de areia, da mesma coloração que neste momento sustenta meus pés, e, sem dó nem piedade, a menina que eu amava lançou todos aqueles grãos porosos, úmidos e granulados na direção de meu rosto. Subitamente deixei cair os materiais que minhas mãos seguravam e levei meus dedos ao alcance de meus olhos, que ardiam sem timidez. Corri ao mar e nem me dei conta de que o rompi de roupa e tudo. Por um lado, foi um sinal de sorte, já que o fundo do mar de Civitavecchia é inteiro repleto de pedras pontiagudas e ouriços. A volta da água foi pior do que o ardor. Ao sair do mar, totalmente ensopado, percebi que todos os meus colegas de classe apontavam seus dedos na minha direção e se desmanchavam em gargalhadas altas e humilhantes. Isto não me perturbou, afinal, fazia parte do meu cotidiano. A minha tristeza ficou por conta de quem fez isto comigo. Gabrielle, a única mulher que eu amei nesta vida.

A realidade me chicoteou quando percebi meu corpo cair exausto entre as areias do deserto e avistei as paredes da primeira montanha que convidava meus olhos a um novo cenário. Apaguei ali mesmo, sem que meu corpo pudesse reclamar por comida, bebida ou por uma coberta, já que estava fazendo muito frio. Dormi a noite inteira um sono pesado regado a um sonho que se repetiu até o arranhar do sol me despertar. Uma chuva de moedas caía forte e ininterrupta e golpeava minha cabeça debaixo de um céu escuro e cinzento que fazia as oliveiras que se espalhavam ao meu redor tremeluzirem de medo. Um sonho triste, traduzi ao acordar.

Levantei-me de um só golpe, olhei para o relógio preso ao meu punho e os ponteiros marcavam 9h15 da manhã. Estava quente e muito abafado. O céu mostrava-se como um retrato do dia anterior, mas a paisagem que se apresentava à minha frente era outra. As cordilheiras precipitavam-se em intermináveis e estreitas ruelas de areia que se estendiam até minha vista nada mais captar, apenas o reflexo da luz solar atacando minhas pupilas em uma leve e momentânea cegueira que me fazia apertar os olhos.

Ouvi meu estômago reclamar por comida. Abri a mochila, peguei duas bananas e coloquei-me a caminhar novamente, mas, desta vez, as atenções que ainda me restavam estavam voltadas para as frutas que se desmanchavam doces, macias e quentes dentro da minha boca. Além das bananas, devorei dois pães inteiros em menos de cinco minutos. Arfei uma respiração longa e pesada, mas me senti satisfeito pela refeição matinal. Agora, sim, eu estava pronto para caminhar o restante do dia.

As horas atravessaram o dia da mesma maneira que meus pés percorreram os anéis entre as montanhas, lentos e cansativos.

Um vento gelado fez tremeluzir meus ossos, indicando o cair da noite. No alto, um enxame de estrelas forrava o céu escuro a salpicadas. A lua, que se erguia brilhante e prateada pendurada na noite, substituía o sol, e o calor dava seu lugar a uma fina e densa geada.

Meus pés continuavam caminhando a passos lentos, mas sem pestanejar. Apanhei a coberta na mochila e me enrolei para me proteger do frio que já martelava as minhas costas. Olhei novamente para a mochila e verifiquei que mais uma garrafa de água havia se esvaído totalmente. Eu havia economizado boa parte do dia, mas o calor febril me tirava a sanidade, e só a água era capaz de trazê-la de volta. Minhas atenções voltaram-se para o caminho a ser percorrido quando o feixe de luz da minha lanterna iluminou um cenário improvável, que me paralisou num susto. Meus olhos avistaram um grande vale e mais adiante parecia haver um bosque. Desci montanha abaixo a passos apertados, sem me dar conta do cansaço, até encontrar um fino corredor em uma espécie de rio corrente. Ao redor, árvores secas e alguns finos arbustos completavam a nova e deslumbrante paisagem. Sorri uma felicidade miraculosa e caí de joelhos em sinal de prece. Fechei meus olhos em agradecimento, respirei fundo e os coloquei abertos novamente apenas para ter certeza de que não era uma alucinação comum ao permanecer por muito tempo no deserto. Minhas mãos secas e enrugadas tocaram a água. Elas ficaram límpidas num lampejo. De tão gelada, a água parecia cortar meus dedos a alfinetadas. Nem me importei. Peguei um punhado de água e levei ao rosto. Uma sensação refrescante somada a um enorme ardor atingiu meus lábios descascados e feridos. Minha garganta mergulhou no rio a golfadas largas e sedentas.

Ergui a cabeça ao identificar um pensamento que trovejou em minha mente:

"Estou em Ein Odvat e este pequeno córrego me levará ao lago piramidal." Sorri para o sentimento de certeza que me banhou naquele momento.

Coloquei-me de pé na esperança de prosseguir, mas minhas pernas bambearam hesitantes. O enorme cansaço apunhalou minhas pálpebras, que se cerraram em uma questão de segundos. Dormi um sono leve e sem sonhos, respirando com alívio o perfume de terra molhada e ao som da água correndo carinhosamente ao meu lado.

Acordei bem cedo naquele terceiro dia de solidão no deserto. Meus olhos arderam de espanto quando um céu cinzento e encoberto por nuvens brancas se anunciava por entre os galhos dos arbustos. O vento fresco beijou meu rosto com um estalo e trouxe-me um sorriso. Sentia-me confiante, renovado e disposto a encontrar a gruta com a mensagem de Zaratustra ainda hoje. Pelas minhas contas, era segunda-feira, dia 15 de dezembro. Coloquei-me em pé, acomodei a mochila nas costas e segurei uma sacola com nozes descascadas e deliciosas em uma das mãos. Caminhei a passos largos e ansiosos beirando o pequeno córrego que mudara o meu ânimo e a minha sorte. Àquela altura eu já havia enchido todas as garrafas de água novamente, e tive a certeza de que a sede não me mataria. A palavra morte me atingiu como uma coroa de espinhos presa em minha cabeça e fez sangrar o medo em meus pensamentos. Lembrei-me de Dom Benedetto e de suas palavras quando disse que até hoje ninguém havia tido a sorte de sobreviver a esta missão para contar ao mundo o que havia visto. Eu admirava Dom Benedetto. Sua força, seus poderes paranormais e sua confiança transformaram-no, sem dúvida alguma, em uma pessoa interessante, cativante, aterrorizante e carismática. Eu conseguia enxergar sua autenticidade mesmo quando ainda éramos crianças e nos encontrávamos para brincar, ou quando simplesmente nos víamos, o que era mais comum. Todas as mulheres gostavam dele, chegavam até a disputá-lo nos bailinhos que organizávamos na casa de Aline, prima de Gabrielle. Ela morava perto de casa, e sua mãe, Dona Francesca, uma mulher muito bonita e de seios protuberantes e pontiagudos, dava-me aulas de reforço em Matemática. Acho que eu era convidado a participar dos bailes por intermédio dela. Até consigo adivinhar o diálogo entre as duas.

– Ninguém gosta dele, mamãe. – Aline deveria argumentar o motivo pelo qual me deixaria de fora do baile.

– É muito chato você convidar todos os seus amigos e não convidá-lo. Ele é tão bonzinho – ela deveria contra-argumentar.

O fato é que eu era convidado para todos os bailes e na maioria das vezes ficava pelos cantos de maneira solitária, tomando suco de graviola, comendo brigadeiros e lendo os livros que Dona Francesca me emprestava. Certa vez, em um desses bailes, Gabrielle me puxou para dançar uma música lenta com ela. Lembro-me do tremor que dominou minhas pernas e do suor frio que umedecia as minhas mãos. Talvez tenha sido o momento mais inesquecível da minha juventude. Seu perfume de pêssego hipnotizou meus pensamentos e o calor de seu corpo quente me inundou de desejos. Meu corpo todo formigava ao tocá-la. Depois que a música terminou, começou a tocar um grande sucesso do grupo The Mamas & The Papas chamado *Here in my arms*, eu desgrudei meu rosto do dela com dificuldade e um enorme desejo de beijá-la nos lábios flechou meus pensamentos. Mas, coragem não era uma das minhas mais fortes virtudes, então, apenas a fitei com carinho e lhe ofereci um sorriso que com certeza vinha de todos os meus poros. Ela largou-me com desprezo e num gesto único olhou na direção do Paolo, que estava às nossas costas, o menino mais bagunceiro e mais temido de nossa turma, com ironia e satisfação. Ainda consegui ler no movimento de seus lábios carnudos as palavras que lhe dirigiu sem que o som saísse de sua garganta:

– Está contente agora?

Eu percebi que aquela dança na verdade havia sido uma encenação de ciúme de Gabrielle para Paolo. Mesmo assim, dei de ombros e voltei para casa aquela noite com o momento tatuado em meu coração e com um pensamento que me fez gargalhar a madrugada toda: "Gabrielle foi minha esta noite".

Aquele foi o último baile que tivemos. Dona Francesca e sua filha se mudaram para Milão no ano seguinte e nunca mais ouvi notícias delas. Vez ou outra eu tomava coragem e perguntava para Gabrielle sobre as duas, muito mais para me aproximar dela do que propriamente por interesse em Aline e Dona Francesca, embora meu sentimento por elas fosse verdadeiro. Gabrielle respondia secamente que não tinha novidades e dava-me as costas. Eu partia feliz por ter ouvido a sua voz e por ter sentido aquele perfume de pêssego mais uma vez. Era como um combustível para não deixar morrer em mim aquela dança, que para ela nada deveria representar.

As horas deslizaram com facilidade enquanto minhas pernas caminhavam por Ein Odvat e meus pensamentos me levavam a centenas de outros lugares. Logo, a tarde chegou. Alguns pingos de chuva salpicavam a esmo do céu que continuava encoberto e pintado de cinza. Um gigantesco platô abriu-se diante de meus pés de forma repentina. As árvores haviam sumido, devolvendo ao lugar um semblante seco e desértico. Ao fundo, uma enorme montanha de cume estranhamente plano merecia destaque. O córrego havia desaparecido do alcance de meus olhos, mas meus ouvidos ainda conseguiam seguí-lo. O tilintar das águas indicou-me o caminho e levou-me ao Monte.

– O Monte Negev – gritei para as nuvens que me protegiam do sol.

Minutos depois, minhas mãos estavam acariciando as paredes íngremes da montanha. Meus dedos cautelosos podiam sentir a importância e a imponência daquele místico lugar. Tentei imaginar o profeta Zaratustra e seus discípulos, cerca de três mil anos atrás. Imaginei seus olhos enxergando o mundo que hoje me serve de lar, e o perigo que ele deveria estar correndo para não ter registrado nada do que previra em documento. Meus pulmões aspiraram o ar de maneira profunda e eu senti, pela primeira vez, o perfume do Monte se misturando ao meu.

Enchi-me de coragem e meus olhos começaram a percorrer os caminhos que se abriam até o alto do Monte. Uma pedra em particular chamou a minha atenção e instintivamente meus pés me levaram a ela. Era realmente uma pedra diferente de todas as outras. Ela não era cinzenta, tampouco marrom ou cor de areia. Uma coloração azulada tingia sua composição. Aproximei-me dela, caí de joelhos à sua frente e senti-me tentado a pegá-la. Seu peso era como um tonel de ferro que me acostumei a carregar quando a igreja Santa Maria Del Popolo passou por reforma, há alguns anos. Tentei movê-la para um dos lados. Ela cedeu por alguns centímetros, o suficiente para que ouvisse um eco. O barulho de pingos de água caindo num lago invadiu meus tímpanos. Eu sorri com leveza. Havia chegado ao meu destino. Deixei a mochila encostada ao lado da parede em que a pedra azulada se apoiava e voltei a fazer força para removê-la. A pedra escorregou pela areia e depois cedeu mais um pouco. Um enorme feixe de luz vindo de dentro da gruta atingiu-me a vista estranhamente. Quando minhas mãos conseguiram retirar a pedra da areia, rolando a para baixo, uma enorme cavidade se fez na montanha e uma boa quantidade de areia deslizou para dentro da gruta, caindo nas águas do lago, que já encantava meus olhos. Não pensei duas vezes. Primeiro foi a mochila a despencar de lá de cima do Monte. Em seguida, deixei meu corpo cair e mergulhar nas águas congelantes e cristalinas de um lago, cuja forma era piramidal.

"Ele existe!", pensei aos risos ainda com o corpo submerso.

Capítulo 6

A gruta
16 de dezembro de 2003
Terça-feira

A MENSAGEM

Ela queria levar-me para o fundo do lago. Seu corpo enrolado em minhas pernas fazia enorme força para quebrar meus ossos. Eu me debatia. Meus braços propulsionavam a água para baixo na tentativa desesperada de erguer a cabeça e respirar.

"Eu preciso lutar mais um pouco", pensei enquanto minha boca alcançava a superfície e me deixava a poucos centímetros do oxigênio. Em mais um solavanco dos braços, consegui encher os pulmões de ar. O alívio foi imediato, mas, com ele, meu corpo relaxou e eu cedi novamente à serpente que me levou ao fundo mais uma vez.

Minhas mãos tentaram soltá-la de minhas pernas, esmagadas e doloridas, mas a força dela na água era infinitamente superior à minha. Meus olhos se abriram num rompente. Estava escuro, mas eles ainda conseguiam enxergar boa parte do cenário. No alto, as paredes de pedra da caverna eram percebidas dançando sobre a água congelante e cristalina. À direita, de onde vinha a maior parte da luz, avistava-se o buraco pelo qual eu caí. À esquerda e ao fundo, um imenso borrado turvo e desfocado misturava-se à penumbra que me assaltava ainda mais a tranquilidade. Senti mais um forte puxão da cobra e meus olhos a fitaram com nitidez pela primeira vez. Seu corpo era negro com algumas manchas esverdeadas, arredondadas e espaçadas, interligadas por uma listra tracejada em amarelo fosforescente. Ela era linda! Mais um puxão forte e repentino veio em minha direção com um estalido em meu tornozelo esquerdo. O grito de dor deu lugar a um gesto instintivo de sobrevivência que me fez segurar firme em uma pedra na borda do lago. Meu corpo se estendeu totalmente. A cobra me puxava para o fundo e meus braços e meus dedos lutavam para me manter a alguns centímetros da superfície segurando a pedra com firmeza.

A serpente cedeu por um instante e eu consegui aspirar o ar mais uma vez, mas engoli tanta água que meu corpo foi chicoteado por uma interminável sequência de tosses. Senti um novo puxão, mais furioso do que os anteriores. Enchi-me de coragem e de alegria. Eu devia estar sendo uma presa dura para ela. Grudei em outra pedra e me segurei novamente. A ponta dela perfurou meu dedo feito uma lança. Um grito de dor escapou de minha garganta com a mesma intensidade e velocidade que o sangue começou a escorrer e a tingir de rubro as águas transparentes e cristalinas do lago. Soltei minhas mãos da pedra e ela também fez o mesmo, soltando-se da borda. Por pura sorte, aquela pequena rocha pontiaguda coube perfeitamente em minha mão e eu ataquei a cauda da cobra que estava presa em minhas pernas. Senti uma contração em seu corpo e ela, por ora, afrouxou. Eu consegui abrir um pouco minhas pernas meio dormentes quando a desferi um novo golpe. Ela me soltou de imediato. Movimentei minhas pernas com rapidez e me coloquei a subir com ansiedade. Senti duas ferroadas na altura do joelho esquerdo e uma labareda de fogo percorreu minhas artérias. Meu corpo todo formigou e perdeu força. A cobra me puxou para o fundo novamente e eu cedi sem resistência. Foi quando eu a avistei. Ela estava a poucos centímetros abaixo da cavidade deixada pela pedra que me perfurou e ainda se acomodava em minha mão ensanguentada. Eu sorri com rara felicidade e uma força que desconheci de onde vinha ocupou o lugar da minha morbidade. Segurei a pedra com firmeza por entre meus dedos e desferi sobre o corpo escamoso da serpente um último e certeiro golpe. A rocha se desprendeu de minha mão e se misturou ao corpo da cobra que, sem movimento, foi sumindo na penumbra do fundo do lago. Meus olhos percorreram o caminho que me separava da pedra com a mensagem de Platão. Senti um enorme arrepio, mas não fui capaz de traduzí-lo. Não sabia se aquela sensação nascia da mensagem que estava a alguns poucos palmos de meus olhos ou vinha da mordida da cobra que já devia estar me matando aos poucos. A pedra era larga e cinzenta. Eu a acariciei e ela era lisa como a pele do rosto de Gabrielle. Senti a necessidade de respirar. Subi, preenchi meus pulmões com oxigênio e desci logo em seguida. A mensagem estava lá, escrita em baixo relevo, exatamente como Dom Benedetto havia me dito. Cerrei minhas pálpebras e as abri em seguida como alguém que duvida da sorte. As letras estavam comidas pelo tempo e pela água, mas ainda dava para ler na íntegra tudo o que havia sido profetizado pelo mestre Zaratustra.

Assim, a mensagem dizia:

Antes de o sol nascer às últimas duas vezes e do fogo engolir o planeta Terra, levando-o à total escuridão, descerá dos céus, dois mil e doze anos após a sua primeira aparição, o filho de Deus. Uma mulher, cujo ventre é tão puro quanto as areias do deserto que cercam sua casa, deixará de morrer para dar à luz uma menina. Sophia, filha de Eritreia, estará para sempre sentada ao lado de Maria no reino dos céus e, a menina anjo, aquela que se tornará Cristo pela segunda vez, apaziguará o sofrimento dos homens na passagem da vida para a morte. Sua presença, seu olhar ophiacal, mesmo que por poucos dias, será essencial para a evolução de cada ser senciente.

Eu saí do lago às pressas. Consegui identificar e resgatar minha mochila, que estava no fundo do lago, ao lado do corpo sem vida da serpente. Meu turbante, que boiava na superfície, próximo à borda que me serviu de alicerce para subir, foi-me útil para amarrar a perna ferida. Restava-me pouco tempo. Eu precisava voltar o mais rápido possível e encontrar o meu amigo monge. Do contrário, eu morreria e a mensagem de Platão seria sepultada e enterrada comigo. Saí da caverna aos solavancos, escalando as pedras até reencontrar o buraco pelo qual eu entrei. Minha perna esquerda se arrastava e eu tentava esquecer a dor que já fazia meu corpo tremer de frio e suar com uma intensidade moribunda.

Avistei ao fundo as árvores de Ein Odvat e foi para lá que eu me dirigi. A passos lentos e com as pálpebras pesando mil toneladas, eu me esforcei ao máximo para ali chegar. A mochila molhada passou a ser um fardo em minhas costas durante aquele início de trajeto. Não tive dúvidas, muito menos escolha. Apanhei uma banana e uma garrafa de água e deixei a mochila entre as areias secas do deserto, ao lado de algumas pedras, antes mesmo de recostar meus ombros na primeira árvore da reserva natural. Apaguei num súbito, entregando-me à febre, que jantava minha saúde a dentadas, e despenquei entre o córrego que se apresentava a frente das folhagens e os rochedos de musgo que lhe davam sustento.

Capítulo 7

Gólgota

A ESCOLHA DO LUGAR

– Ele está acordando e a febre já está bem mais baixa – ouvi uma voz forte e volumosa sussurrar em um grande eco.

Minhas pálpebras úmidas se entreabriram com enorme dificuldade. Um feixe de luz atacou minha vista, que se fechou em um golpe extenuante.

– Onde eu estou? – perguntei à sombra de um homem que se erguia à frente de meu rosto.

– Está em segurança – o homem respondeu e se levantou. Ele carregava uma bacia prateada em uma das mãos e um pano úmido e cinzento na outra. Seus dedos espremeram o pano deixando que a água chuviscasse no balde, como se fora uma garoa fina a respingar sobre o lago de uma pacata e silenciosa cidade.

O bafo quente de calor assaltou a tranquila respiração que me mantinha vivo e eu permaneci inerte aos atuais acontecimentos. Tudo o que meu corpo queria neste exato momento era ser banhado por uma cascata leve e refrescante, pensei com um sorriso tatuado em minha face.

– Quem é você? – perguntei, ao homem que se sentou ao meu lado na cama.

– Meu nome é Silas – ele respondeu.

– Por que está vestido com roupas da época de Jesus? – perguntei, curioso.

– Sou um essênio. Assim nos vestimos – ele respondeu, com a voz tranquila e um desenho nos lábios indicando um terno sorriso.

– Como eu vim parar aqui?

– Padma Yontem foi quem o trouxe. Ele te encontrou desacordado na reserva natural de Ein Odvat – explicou.

Silas era um homem de aparência jovem e simpática. Ele era alto, magro, de pele morena e maçãs do rosto bem protuberantes. Seus olhos levavam um tom caramelado e as sobrancelhas eram robustas e bem escuras. Usava cabelos compridos e lisos caídos até suas pontas se apoiarem sobre os ombros, largos e fortes. Caminhava a passos lentos e doces, calçando duas sandálias de pano bem rústicas, que mantinham parentesco com a época de Cristo. Para finalizar, era um essênio. Com origem em Essen, cordilheira próxima ao Rio Jordão, os essênios eram um grupo político-religioso que viveu a maior parte do tempo numa região conhecida como Qumran, no Deserto da Judeia, entre os anos 150 a.C. até cerca de 70 d.C., sumindo após serem perseguidos durante a Dinastia Hosmonéa. Ficaram conhecidos como terapeutas e hospitaleiros, porque frequentemente curavam as pessoas com o poder de suas mãos nos *Beth saida*, abrigos que anteciparam em séculos os hospitais, e como os precursores do Cristianismo, já que sua principal missão era preparar a vinda de Jesus à Terra. Dizem ainda que a maior parte dos ensinamentos de Cristo, bem como seu idealismo de ética e pureza espiritual, se remete à prática de vida dos essênios.

– Há quanto tempo estou aqui? – perguntei a Silas, com a voz rouca e arranhada.

– Você chegou há dois dias – ele disse, colocando sua mão em minha testa para verificar minha temperatura. Um sorriso singelo traduziu a minha melhora.

– Eu preciso conversar com Dom Benedetto. Preciso retornar a Roma – disse num súbito de susto.

– Tenha calma – ele disse, interrompendo-me com uma voz macia e um tom confortante. – Padma Yontem já remarcou sua passagem para amanhã, sexta-feira.

– Onde ele está? – perguntei, erguendo a cabeça o máximo que pude para tentar encontrá-lo.

– Ele foi ao Monte das Oliveiras, aqui ao lado, trazer alguns punhados de ervas para você se recuperar mais rápido. Já deve estar voltando – completou.

– Eu me sinto bem – disse-lhe, sem convicção.

– Sim, mas ainda precisa de cuidados – Silas murmurou, enquanto colocava o pano com água fresca em minha testa.

– Posso me sentar? – perguntei.

– Claro que sim. Aproveite e coma um pouco destas tâmaras. Elas vão lhe devolver um pouco da energia que o veneno da cobra lhe sugou – respondeu me oferecendo um pote.

– Estamos em uma caverna, para variar – comentei, aos risos.

Silas assentiu com um movimento de cabeça.

Coloquei uma tâmara em minha boca e imediatamente ela foi preenchida por uma areia úmida e doce que me tirou qualquer tipo de pensamento. Em seguida, ela caiu solitária e oca em meu estômago e então me dei conta de que estava faminto.

– Esta caverna fica aos pés da colina rochosa de Gólgota, local onde Jesus foi crucificado e onde hoje encontramos a igreja do Santo Sepulcro – ele sussurrou, com os olhos umedecidos de tristeza.

– Estas tâmaras estão deliciosas – comentei, de boca cheia.

– Experimente estas azeitonas. Elas são preparadas em outra caverna, ao lado do Jardim de Getsemani, local onde Cristo foi capturado pelos Romanos – Silas expressou- se, com a voz trêmula e tímida. Desta vez suas lágrimas escorreram sobre sua pele morena e despencaram até desaparecerem em sua vestimenta cor de mel.

Um forte arrepio chicoteou meu corpo e eu não consegui comer mais nada.

– Silas, preciso deitar novamente. Você se importa? – disse, com a voz triste e um tom minúsculo.

– Claro que não! Descanse pela manhã e à tarde você já estará com energia para caminhar aqui por perto – Silas disse, auxiliando-me a deitar. Ele jogou uma manta amarelada e desbotada por sobre meu corpo e eu recostei minha cabeça em uma almofada macia que parecia ter sido feita de borracha.

Gabrielle voltou aos meus pensamentos e, por algumas poucas horas, fui capaz de esquecer todo aquele peso que assolava minhas costas. O barulho do chuveiro garoava em minha mente os mais de mil impuros desejos que me devoraram naquela tarde de sol em que conversava sobre literatura com a mãe de Aline. Dona Francesca me pediu para apanhar o novo livro de Sebastian Garrido sobre a escrivaninha de seu quarto, intitulado de *A serviço de Lúcifer*, adquirido recentemente na livraria da Colmeia, em uma das ruelas que dava acesso ao restaurante Super Pasta, do irmão de Dona Francesca, o magricela Alexandre, cuja cabeleira passava dos ombros. Caminhei a passos lentos e silenciosos pelo corredor que levava aos dois maiores e mais aconchegantes cômodos da casa e, antes de abrir a porta onde se lia em um pequeno quadro a palavra "mamãe", olhei na direção do quarto de Aline e a porta entreaberta me mostrou uma visão que volta e meia atenta meus pensamentos de maneira mais temível e assustadora do que o título do livro que fui buscar. Lá estava ela, com suas curvas delineadas expostas à luz do sol, que penetrava pela janela do fundo, atrás da cama. Seus cabelos dançavam ao ritmo do vento, que também acariciava delicadamente as cortinas brancas penduradas desde o teto. Ela estava nua e seus dedos acariciavam sua pele macia com cremes que cheiravam a mel e invadiam meus poros a cavalgadas. A toalha escorregou de seu corpo e caiu ao chão, cobrindo seus delicados pés. A minha amada seguiu se trocando no quarto de Aline, que havia saído para comprar biscoitos num armazém próximo ao Panteón. Suas pernas torneadas e lisas me convidavam a beijá-las, ao mesmo tempo em que me diziam que era melhor ir embora o mais rápido possível. Resolvi sair de lá e cumprir o que me foi determinado. Decisão acertada. Segundos depois, quando eu estava saindo do quarto de Dona Francesca, Gabrielle saiu do quarto de Aline vestida em um roupão de algodão cor de âmbar e nós quase trombamos nossos corpos no corredor. Ela deu um grito de susto e ambos sorrimos. Meu rosto, tingido de uma cor de pimenta, voltou-se para o livro que repousava em minhas mãos e ela correu rapidamente em direção à cozinha. Eu sentei no sofá da sala e entreguei o livro a Dona Francesca, que se acomodou ao meu lado e folheou as páginas escritas pelo espanhol Sebastian. Nada do que ela dizia sobre o livro foi capaz de substituir a melhor paisagem que meus olhos foram capazes de registrar. Gabrielle estaria nua em minha mente para todo sempre e ninguém e nenhum livro, por melhor que fosse, substituiria aquela pintura que acabara de ser entregue aos cuidados do "museu" Horácio.

Uma voz pálida com sotaque asiático trouxe-me de volta a Jerusalém.

– Padre Horácio, acorde e venha almoçar conosco. Você já descansou o bastante – escutei as palavras do meu amigo monge.

Abri os olhos e sorri aliviado ao me deparar com Padma Yontem.

– Estou feliz em revê-lo – disse-lhe, com carinho.

– Eu também. Sente-se conosco – o monge me chamou, com um aceno de mãos e apontou para um banquinho de madeira colocado à mesa na qual já estavam Silas e uma mulher vestida à sua semelhança.

Assenti em silêncio e caminhei em direção à mesa de madeira escura, que tinha uma grande variedade de pães e frutas.

– O que é isto? – perguntei, apontando meu dedo para uma gosma vermelha aconchegada em um pote de barro.

– Geleia de amora – Silas respondeu.

A mulher que nos acompanhava no almoço era de estatura baixa, tinha cabelos escuros e bem curtos. Seus olhos eram mais azulados do que o céu, que se precipitava por entre os buracos imperfeitos das paredes rochosas da caverna, e ela sorria para mim uma tranquilidade celestial, que nunca chegaria a conhecer nesta vida.

– O meu nome é Miriam – apresentou-se, oferecendo-me a mão.

– Muito prazer. Eu sou o Padre Horácio – retribuí o gesto.

– Hoje você irá caminhar conosco pela região e indicará o local mais seguro que encontrar para que a menina Cristo tenha um nascimento tranquilo e pacífico. Amanhã bem cedinho partirá de volta para Roma – orientou o monge.

– Tudo bem – concordei, enquanto passava a deliciosa geleia de amora em um pão esfarelado e crocante.

Ataquei a comida com fúria e desespero. Comi até meu estômago reclamar e voltei para a cama. Percorri toda a caverna com os olhos e notei que ela era ampla, simples e bem instalada. Havia quatro tochas penduradas nas paredes rochosas, que faziam a tarefa de iluminar o ambiente irregularmente circular. Um pequeno fosso, instalado no centro, com um balde prateado caído ao lado de um tonel grande, repleto de água e com uma pedra-sabão a se equilibrar na borda, indicava o local de banho. Ao fundo, a mesa e as cadeiras de madeira dividiam o espaço e as atenções com uma pequena cômoda de mesmo material e cor, onde estavam acomodados os talheres, pratos e algumas panelas. Ao lado direito, uma cavidade na parede fazia as funções de forno e de aquecedor nos dias frios de inverno, já que estava disposta a poucos centímetros de distância das duas camas. "Só duas camas para nós quatro?", perguntei-me em pensamento.

– Nós dormimos sentados – Miriam disse-me baixinho. Obviamente que se referia a ela e ao seu companheiro, Silas. Eu já começava a me acostumar com cavernas e com pessoas que liam pensamentos. "Nada mais nesta vida será capaz de me surpreender", deixei um pensamento escapulir, acompanhado por um leve sorriso.

Atrás das camas, completando o círculo, uma grande abertura levava a um corredor onde a penumbra predominava e julguei ser por ali a conexão com o mundo externo. Eu estava certo! Saímos da caverna logo após o nosso delicioso desjejum.

O céu estava pintado com um azul-claro brilhante e sem nuvens. Uma leve brisa acariciou as flores do Jardim de Getsemani no exato momento em que por lá passávamos. Uma forte pontada apunhalou meu peito e levou meu sorriso embora. Minhas pernas travaram e eu não consegui dar mais nenhum passo. De súbito, o dia se transformou em noite e eu ouvi uma enorme sequência de trovoadas. As moedas caíam do céu em uma chuva tão forte e intensa que meu corpo arqueou e eu fui levado ao chão arenoso. Aqueles pequenos círculos de prata chicotearam o meu corpo todo. Olhei adiante e não vi meus amigos. Eu estava só e era realmente assim que meu coração se sentia. Meus olhos percorreram o ambiente em busca de abrigo e foi então que eu avistei uma pequena escadaria quase que totalmente engolida por musgos e plantas. Corri a passos apertados, arrastando minhas pernas debaixo daquele temporal de moedas que machucavam mais a minha alma do que os meus ossos. Era outra caverna. Assim que eu coloquei meus pés dentro dela, o sol novamente surgiu e iluminou seu interior. Uma sensação de paz e proteção me envolveu, como se fora uma coberta a acalentar a pele da névoa, e eu sorri levemente dizendo em voz baixa para mim mesmo:

– Será aqui!

– Tem certeza? – perguntou o monge.

Eu assenti com os olhos e fiz um leve gesto de confirmação com a cabeça. Silas colocou delicadamente sua mão em meu ombro seguido de um abraço leve e confortador.

– Não poderia ter escolhido lugar melhor – acrescentou ele.

Capítulo 8

Roma, Itália

A MINHA NOVA MISSÃO

O cansaço da viagem de volta desabou sobre minhas costas logo que eu me coloquei a caminhar na direção da igreja Santa Maria Maggiore. Eu precisava me encontrar com Dom Benedetto o mais breve possível. Uma nuvem cinzenta e carregada dominava o céu da cidade anunciando chuva e vento gelado o dia todo. Por sorte, a água que se previa cair ao fitar o horizonte estava ainda a se formar e dava uma trégua momentânea àqueles que se acotovelavam entre as infinitas ruelas de Roma, onde o frio cortante já havia dado o ar de sua graça. Meus passos apertados demonstravam ansiedade e angústia. Até que para uma pessoa solitária como eu, em que a autoestima sempre foi um tesouro raro de se encontrar e lapidar, voltar para casa com a mensagem de Zaratustra e a amizade de Padma Yontem na bagagem, já seria mais do que o suficiente para me trazer confiança, sentimento que nunca chegou a desabrochar dentro de meu peito. A verdade é que eu não conseguia me sentir assim. É difícil se livrar de comportamentos viciosos, mesmo que você tenha experimentado um sabor diferente e agradável, quando você saliva, vem à tona o sabor que você mais conhece, não importa se doce ou amargo. Sorri arrebatado por um bálsamo tão grande de sentimentos que nem me dei conta de que meus pés já estavam descendo as escadarias estreitas e escuras que levavam aos aposentos de Frei Toninho e Dom Benedetto. Pensei em Padre Mariano, que ainda zelava por minha igreja, enquanto eu me avizinhava com a porta de tintas castigadas e mal conservadas do quarto de Dom Benedetto.

– Entre – o vozeirão dele soou, como uma trovoada em meus ouvidos e meu corpo tremeluziu de susto. Meus dedos aproximaram-se da maçaneta, mas antes que eles a tocassem, ela girou e a porta rangeu. Uma gota de suor percorreu minha face em um desenho circular, que não deveria representar nada além do medo que já me reprimia. Subitamente, a porta se abriu num rompante e bateu com força na parede que a sustentava.

Dom Benedetto estava sentado à mesa em frente à porta, bem distante para que pudesse tê-la aberto e em seguida se acomodado.

– Como ela se abriu? – perguntei assustado e com os olhos redondos e arregalados.

– Está tudo aqui – ele respondeu, cerrando o punho de sua mão direita e golpeando sua cabeça na altura da testa por três vezes.

"O cara é muito louco", deixei escapulir tal pensamento, sem me dar conta de que ele tinha a habilidade ou a maldição de decifrá-lo.

– Quem não é, meu caro bispo? Sente-se, por favor! – acrescentou ele.

Obedeci em silêncio, policiando o que passava por minha mente naquele exato momento. Tudo o que menos queria era despertar a esquisitice daquele misterioso sujeito. Ajustei meu corpo de modo a ficar à frente dele, mas sem encará-lo nos olhos. Fitei-o de soslaio e percebi que suas mãos faziam gestos estranhos. Elas pareciam carregar alguma coisa.

De súbito, ouvi um disparo ensurdecedor, como um raio que anuncia uma forte tempestade.

– Agora sim! – ele disse, apontando para a porta que se fechou de um só golpe. Eu apenas assenti com a cabeça em um movimento único e vagaroso. Achei por bem não tecer nenhum comentário, o que já evitaria problemas e constrangimentos. Enchi meus pulmões de ar com uma profunda respiração e dei de ombros.

– Se está aqui, é sinal de que sua viagem foi bem-sucedida e eu acertei na escolha da pessoa que deveria mandar – testemunhou o Padre.

– Obrigado – respondi, com tranquilidade, no momento que Frei Toninho surgiu de um corredor escuro com um prato contendo uma porção de fatias de bolo.

– Pegue um pedaço, bispo. É de cenoura com cobertura de chocolate. Uma das minhas especialidades.

– Obrigado – agradeci novamente e me servi de dois robustos pedaços. De fato, o bolo estava tão macio que desmanchava no céu da boca, trazendo-me um breve esquecimento do objetivo austero da minha visita. Por segundos, lembrei-me das minhas férias em Florença e dos deliciosos doces que minha avó Yolanda cozinhava para mim todas as tardes. Eu assistia ao torneio italiano de inverno de futebol, torcendo pela Fiorentina, equipe que meu avô João era fanático e me fizera decorar todas as escalações, desde a sua fundação, em 26 de agosto de 1926, graças à união de dois clubes que não deram certo nos campos da Itália: Club esportivo Firenze e o Libertas.

Por causa de meu avô João, eu acabei por torcer pela equipe Viola e cheguei a me encantar com o brasileiro Juninho Botelho, um dos responsáveis por nos trazer o campeonato de 1955/56. Meu avô, naquela oportunidade, deu uma festa em sua casa e convidou quase o bairro todo para comemorar. Ele me carregou no colo a noite toda, mesmo demonstrando fraqueza por causa de seus repetitivos problemas renais, que o levaram no verão de 1971. Meus olhos, saturados de lágrimas, deixaram escapar impunemente um choro doce com enorme sabor de saudade. "Eu ainda sinto muito a falta dele", pensei.

– Vinho? – a voz estridente de Dom Benedetto interrompeu minhas felizes memórias.

– Sim, por favor – respondi de imediato.

Frei Toninho serviu-me uma bela taça de Santa Cristina, um vinho básico que ganhou o prêmio de melhor custo benefício do ano, em 1998, da revista italiana Civilitá Del Bere, e em seguida nos deixou a sós novamente.

– Bispo, diga-me o conteúdo da mensagem – interpelou Dom Benedetto com a voz firme.

Enquanto eu recitava a mensagem de Zaratustra, Dom Benedetto, já colocado em pé e longe da mesa, fazia suas anotações em um caderno de capa escura e folhas amareladas, que devia ser tão antigo quanto o segredo do Monte Negev.

Um silêncio perturbador se fez assim que as últimas palavras deixaram a minha garganta. Dom Benedetto caminhava pensativo ao redor da mesa com o caderno aberto em suas mãos e a caneta presa atrás da orelha esquerda. Na infância era assim que Serafim, o homem dos pães doces, nos vendia suas receitas mirabolantes em frente ao Panteón. Pão com ricota e nozes era o que minha mãe mais gostava, eu preferia o de queijo com cobertura de alho.

Sem que eu percebesse, Dom Benedetto sentou-se novamente à minha frente, bateu com força as duas mãos sobre a mesa, fazendo-a cambalear, e disse:

– É ela!

– Ela quem? – perguntei.

– Sybila.

– Qual Sybila? A que estudou conosco?

– Sim, a Sybila do Monte Sinai, avó do garoto que vai prever o apocalipse.

– Como você sabe? – perguntei, com um tom profundo, mas demonstrando enorme confusão.

– O nome verdadeiro dela é Eritreia. Atualmente ela vive no Cairo e sua filha chama-se Sophia, a mais pura mulher que eu já conheci. Talvez ela já soubesse disso desde a infância e este seja o motivo pelo qual ela manteve e ainda mantém segredo sobre seu nome.

– Nossa! – exclamei, com encanto, enquanto Dom Benedetto rabiscava palavras aleatórias em seu caderno. Minutos intermináveis de silêncio perturbaram a nossa mente, assim como a chuva que já castigava a população do lado de fora.

– Horácio, amanhã bem cedo, por volta das 5h30, Frei Toninho te levará ao aeroporto e você seguirá num voo diretamente para o Cairo. De lá, uma amiga de longa data, conhecida como Ana, pegará você e te acompanhará ate o Monte Sinai, onde Sybila está.

Suspirei profundamente antes de me dar conta de minha nova missão e lhe perguntei:

– Mas eu vou chegar assim de supetão, sem Sybila saber de nada?

De súbito, Dom Benedetto caiu na gargalhada e, assim que recuperou o fôlego, explicou:

– Bispo, Sybila já deve estar sabendo de tudo e deve até estar se preparando para recebê-lo.

Um novo golpe de terror atacou meu fígado com a força do soco de um pugilista peso-pesado. O suor escorria de meu rosto como se ele estivesse debaixo daquela forte chuva, que punia severamente a cidade de Roma.

Despedi-me de Dom Benedetto e de Frei Toninho e segui caminhando, por escolha própria, assolado pelo enxame de águas que desabava do céu ainda mais cinzento.

Entrei em minha igreja deslizando a passos de algodão para não atrapalhar Padre Mariano, que, a esta altura, já se tornara mais responsável por ela do que eu propriamente. Sorri ao me deparar com a minha cama. Nada descansa mais o corpo de uma pessoa cansada do que deitar em sua própria cama. Só descobri isso depois de um período longe dela. Mergulhei o corpo sobre o colchão macio exatamente como estava; a batina ensopada e apenas dois pedaços de bolo no estômago. Embora não tenha pregado os olhos durante toda a madrugada, levantei-me às 4 horas da manhã estranhamente disposto, como uma criança pronta para brincar o dia todo, mesmo diante da fria penumbra que caprichosamente se arrastava pela cidade.

Capítulo 9

Cairo, Egito

A CAMINHO DO MONTE SINAI

Deixei uma Roma coberta por um dilúvio e castigada por uma temperatura que não alcançava os 0° C. As ruelas da cidade se transformaram em córregos, onde as águas que transbordaram dos rios e que não foram digeridas pelos nossos sistemas hidráulicos caminhavam de maneira solta e livre. As escolas, que ainda não haviam entrado em recesso, resolveram fechar suas portas provisoriamente, assim como algumas empresas e órgãos públicos.

Cheguei ao Cairo debaixo de um calor escaldante, com os termômetros marcando 36° C. Varri com os olhos o aeroporto internacional e não foi nada difícil encontrar Ana, minha nova companheira de viagem. Ela também vestia roupas de essênia. Uma mulher de baixa estatura, traços miúdos, pele e olhos cor de caramelo, cabelos curtos, e um sorriso fácil, simpático e adocicado. Eu mal consegui ouvir sua voz delicada e angelical quando ela me dirigiu a palavra pela primeira vez.

– Você deve ser o Padre Horácio, não é?

– Sim, e você é a Ana – respondi de prontidão.

Ela assentiu me presenteando com mais um belo sorriso.

– Vamos – ela me orientou. – O carro está aqui perto – completou.

A saída do aeroporto é uma intensa desorganização, parece que você vai ficar ali o dia todo, mas, na verdade, tudo acontece de maneira segura e ágil. Como tudo aqui no Cairo, o estacionamento se revela encravado em mais uma montanha de pedra e areia, em frente a uma obra que parece que nunca irá terminar dada a quantidade de trabalhadores na região. Naquele momento, apenas uma pessoa corria de um lado a outro carregando sacos de cimento. Ele também carregava uma expressão lúgubre e traços de cansaço.

Uma caminhonete branca nos aguardava. Ela tinha uma cabine só, mas bem ampla e confortável. A carroceria se desenhava enorme atrás de nós e estava totalmente coberta por inúmeras caixas de maçãs, de perder a conta. Senti um aperto forte no estômago, alertando-me sobre o fato de que há muito tempo eu não colocava nada na boca. Acomodei-me no banco do carro, coloquei o cinto de segurança e aguardei minha nova amiga dar a partida em direção ao Monte Sinai.

Os prédios mal conservados e tingidos de um marrom arenoso produziam uma sensação térmica ainda maior. O céu estava pintado de um azul bem próximo do turquesa e forrava toda a cidade, como a tampa de uma panela no fogo. "Como é incrível este mundo", pensei, referindo-me à diferença gritante entre Roma e o Cairo.

– Você já conhece Sybila? – Ana perguntou, oferecendo-me uma maçã logo em seguida.

Aquela fruta lisa e vermelha me chamou mais atenção do que a pergunta, cuja resposta ficaria para algum tempo depois. O silêncio abraçou a cabine da caminhonete enquanto eu atacava a maçã feito um lobo na selva. Os únicos sons disponíveis eram os do motor, que reclamava por reparos, e o som das minhas dentadas contra a maçã, doce, crocante e úmida.

– Sim. Eu a conheço desde a infância – respondi, lambendo os beiços.

– É uma pessoa incrível – ela acrescentou.

Eu sorri com delicadeza e assenti com um leve gesto de cabeça.

– Quanto tempo levará até o Monte Sinai?

– Aproximadamente seis horas, não mais que isso.

– Você também é uma essênia? – perguntei a ela.

– Sim – balbuciou aquela doce criatura.

– Você faz parte do povo que se formou para proteger Jesus, estou certo?

– Em parte, sim. Mas, os essênios possuem uma história bem mais complexa. Você quer ouvir?

– Claro que sim – respondi e preparei meus ouvidos para nada perder.

Eu sempre gostei de aprender, desde quando era garoto. Minhas maiores e mais felizes lembranças se resumiam aos livros e aos personagens com quem construí amizades e confidências. Endireitei-me no banco da caminhonete e olhei para Ana.

– Os essênios foram formados a partir do judaísmo. Na verdade, somos uma espécie de seita judaica, pode-se dizer. Nós sempre vivemos em cavernas, desde quando não passávamos de um ideal. Até nos dias de hoje preferimos nos acomodar assim, você sabe muito bem disso. Só tomaram conhecimento de nossa existência a partir do ano 66 a.C., quando demonstramos contrariedade e resistência ao domínio Romano sobre Jerusalém. Entre os essênios mais conhecidos e atuantes da história, destaca-se a figura de João Batista, primo de Jesus. Em 70 d.C., o templo de Salomão foi destruído totalmente e em seu lugar construíram, no Monte do templo, o Domo da Rocha e a mesquita de Al Aqsa. Além de proteger a chegada de Jesus, o que despertou a ira dos judeus contra nosso povo, os essênios eram muito sensitivos e uma das nossas atividades consistia em prever acontecimentos futuros. No ano 1947 de nossa era, Juma Muhamed, um beduíno que durante muito tempo não quis revelar sua identidade, encontrou no interior de uma caverna próxima ao mar Morto, nas ruínas de Qumran, cerca de 900 textos escritos há mais de 2.000 anos, que ficaram conhecidos como os *Manuscritos do mar Morto.* Foi uma das maiores descobertas do nosso século. Suas palavras, na realidade, são profecias apocalípticas, muito semelhantes às visões de João de Patmos, o apóstolo de Jesus, que escreveu sobre o fim do mundo no Livro das Revelações. Olha a importância do garoto Michael, neto de Sybila. Você o conhece? – ela perguntou. Alegrei-me com a indagação. Eu precisava descansar por alguns minutos, para que todas aquelas informações fossem digeridas de uma maneira que meu cérebro pudesse codificá-las e sistematizá-las.

Arfei com delicadeza, respirei profundamente e respondi com um leve sussurro. Parecia que eu e ela havíamos trocado de papéis. Ana falava em voz alta e com ansiedade e eu permanecia calado a maior parte do tempo e, quando minha voz saía da garganta, surgia macia como um afago.

– Nunca tive a oportunidade de vê-lo, mas sei da existência dele e de quem ele é.

– Você irá conhecê-lo, é um garoto extraordinário.

– Como o conheceu? – perguntei.

– Há alguns meses, eu estava colhendo figos perto de sua casa, enquanto o via jogando futebol com os amigos. Sybila havia me mandado lá. A bola caiu dentro do rio e eu o ajudei a resgatá-la. Desde então, leio alguns de seus sonhos – Ana exprimiu, com emoção.

Eu assenti, preferindo novamente o silêncio.

– Voltando aos *Manuscritos do mar Morto*, os textos destacam, em sua maior parte, a guerra do Armageddon, entre os filhos da luz e os filhos das trevas, fato a ocorrer próximo às regiões de Jerusalém, Mesopotâmia, onde hoje é o Iraque e a Pérsia, região conhecida como Irã.

O exército da ganância, origem de todos os males deste mundo, será comandado por uma figura conhecida como Belial, um dos nomes do Diabo. Eles atacarão com fome e ferocidade. O exército do bem sofrerá muito, mas lutará bravamente, com luz e compaixão.

– Mas como tudo isso irá acabar? – perguntei, maravilhado com toda aquela fascinante história. Lembrei-me de quando era criança e de como ficaria entusiasmado com as palavras de Ana. Tais pensamentos foram interrompidos pela voz doce de minha amiga.

– Acabará quando a humanidade for aniquilada – ela respondeu, com um ar triste e um suspiro pesado.

Um silêncio atormentador tomou conta da caminhonete que nos levava ao Monte Sinai e, por um longo período, prestamos atenção à boa estrada que se estendia até o horizonte. A areia nos engolia sem piedade dos dois lados do asfalto, entre suas diversas formas, entre elas montanhas altas e alguns pequenos rochedos perdidos naquela imensidão tingida de bege e marrom. Ao fundo, o reflexo dos raios do sol transformava o restante da estrada em um espelho laminado e úmido.

– Esta guerra acabará com todos nós? – não consegui resistir e expeli o pensamento que cruzava a minha mente com uma velocidade infinitamente maior que o marcador no painel do carro.

– Não, Padre Horácio. Este mérito não será de nenhum homem. A espada de Deus, também descrita em nosso manuscrito, virá dos céus e cumprirá a profecia.

– Mas que espada é essa? – perguntei confuso e intrigado.

– Ela já recebeu vários nomes ao longo da história. Absinto, Nibiru, Planeta X, Destruidor, Ajenjo, Marduk, entre outros. Estamos quase chegando – disse, virando o volante em uma pequena trilha de terra, entre alguns poucos arbustos secos.

Eu mal vi o tempo passar, tão surpreendente o que a mim fora revelado. Minha mente não conseguia organizar todas aquelas informações. "Uma noite de sono me faria bem", pensei. E não só para isso, pois meu corpo pesado demonstrava um cansaço excessivo. Mas eu ainda desejava saber mais. Algumas peças ainda me escapavam.

– Qual o motivo desta guerra? – perguntei, quebrando novamente o silêncio. Minha voz saiu trêmula e entrecortada devido ao chacoalhar da caminhonete sobre a estrada de terra. Se é que podemos chamá-la de estrada e de terra. Só havia buracos, como se um pedaço recortado da lua tivesse sido transportado ao nosso planeta e esquecido aqui após ser decorado com areia e folículos de pedra.

– As desculpas serão inúmeras – ela respondeu, aos solavancos, e respirou profundamente antes de prosseguir. – Ganância, poder, ódio e, por incrível que possa lhe parecer, o retorno de Cristo à Terra – Ana enumerou.

– O retorno de Cristo? – minha voz ecoou, indignada.

– Tanto os cristãos quanto os judeus desejam reconstruir o templo de Salomão em Jerusalém, fato previsto e descrito em inúmeros textos, incluindo os dos essênios, como um ato que antecede ao renascimento de Cristo. Acontece que, para isso ser feito, o Domo da Rocha e a mesquita de Al Aqsa, templos islâmicos sagrados, precisam ser derrubados, e isto se traduz em conflito à vista. Mas não se preocupe. Haverá, após tudo isto, um longo período de paz – Ana concluiu.

– Quando?

– Quando a Terra ficar livre de nós – ela finalizou.

Aquelas palavras chicotearam o meu coração e despedaçaram qualquer sentimento otimista que poderia residir dentro de mim. Uma profunda tristeza arranhou-me a alma, e eu me senti tão vazio e solitário, tal como um cantor cujos versos foram arrancados abruptamente. Resolvi, ao menos por ora, me concentrar em Sybila e em minha nova missão, a ser descoberta em poucas horas.

Meus pensamentos foram suspensos pela ausência do farfalhar do motor da caminhonete no momento em que Ana a estacionou ao lado de um jipe verde, em frente a uma montanha de areia escura e barrenta. Alguns arbustos esparsos ao lado de uma pequena quantidade de árvores frutíferas completavam aquele ambiente hostil, inóspito e inabitado. Eu estava agora diante de uma caverna no Monte Sinai.

Capítulo 10

Interior da caverna

SYBILA

Desci do carro coberto por areia e cerrei meus olhos com um só golpe. Um vento gelado, que deveria estar atravessando aquele lugar de maneira acidental, refrescou minha pele, assada pelo calor egípcio. Uma enorme quantidade de folículos de areia veio junto com aquela sensação mágica de conforto, que, por segundos, descansou meu rosto do fervor do deserto. Minha garganta se fechou no mesmo instante e eu tossi numa sequência *tuberculótica*. O Monte Sinai é muito parecido com o deserto de Negev, repleto de pedras, montanhas e areia em abundância. A única diferença é que aqui tudo parece meio avermelhado. A areia é mais densa e barrenta, as pedras parecem tingidas com cor de pimenta, assim também se revelam as montanhas.

Algumas nuvens se destacavam no céu azulado e, juntamente com os arbustos próximos à caverna, desenhavam no solo sombras irregulares que camuflavam os raios vívidos e cintilantes do sol.

Sybila vivia neste local a maior parte de seus dias. Só de pensar na possibilidade, meu corpo já se enche de arrepios. Às vezes me pego perguntando o que ela come aqui ou então onde será que ela dorme, se é que dorme.

Uma pequena e estreita entrada dividia a luz do sol e a claridade de uma tímida penumbra que predominava no interior da gruta. Havia uma espécie de lago a alguns passos à frente, o que parecia ser o centro da caverna. Caí de joelhos, coloquei minhas mãos secas e barrentas dentro daquela água morna e as esfreguei. Uma nuvem marrom se desvencilhou de minha pele e se misturou com as águas cristalinas do lago. Eu não resisti e peguei um punhado para lavar meu rosto e saciar minha sede. Ana esperou até eu me levantar e me recompor e, com um sorriso terno, me acompanhou até o fundo da caverna. Estava escuro e, a princípio, eu nada enxerguei. Alguns metros adiante, a silhueta de um casal e de uma senhora refletiram através de minhas pupilas. Mais alguns passos e tudo já me parecia claro como o raiar matinal de um dia de verão italiano. Um pequeno tronco de árvore servia de assento ao belo casal e, a alguns poucos metros à frente, acomodava uma senhora de olhar penetrante e perturbador, a temida Sybila. Entre os dois assentos havia uma madeira retangular assimétrica apoiada em dois troncos roliços que simulava uma mesa.

– Como vai, Padre Horácio? Estávamos o aguardando – Sybila cumprimentou-me.

– Honrado pela sua presença, Sybila – respondi, com sinceridade.

De fato, desde a infância, eu admirava o excesso de confiança dela. Não é de se espantar, já que era exatamente isso o que me faltava.

– Nos conhecemos quando crianças – ela disse, dirigindo o olhar para o casal.

– Muito prazer! – exclamou o homem. – Meu nome é Al Aur Alaor.

– Padre Horário – respondi baixinho. – Esta é Ana, uma amiga – apresentei a essênia a ele sem ao menos saber se já se conheciam. Eles se cumprimentaram com um sorriso. O Senhor Alaor sentou-se novamente e ajudou uma moça, que julguei ser sua esposa, a se levantar.

– Muito prazer – disse ela, com um tom de voz extremamente baixo e rouco.

– O prazer é todo meu – respondi, tocando-lhe a mão.

– Olá, Ana – ela repetiu o gesto, educadamente.

Ana sorriu e lhe estendeu a mão.

– Ela é Sophia, minha filha – completou Sybila.

Eu a fitei, desta vez, com enorme ternura e me deparei com uma mulher pálida, de feições frágeis e olhos tímidos e amorosos. Sentei-me ao lado de Sybila de modo que meu corpo ficasse à frente do casal.

– Como está o garoto? – perguntei a Sophia.

– Está bem, obrigada – ela respondeu, com dificuldade.

– Padre Horácio, vamos direto ao assunto. Conte-me onde esteve esta semana – disse Sybila, de modo austero.

– Eu estive no deserto de Negev na tentativa de encontrar uma mensagem prevista pelo mestre Zaratustra há muitos e muitos anos, registrada e escrita por Platão em uma pedra submersa no interior de um lago.

– Qual o conteúdo desta mensagem? – insistiu Sybila.

Um enorme arrepio assolou meus ossos, mesmo assim eu repeti a mensagem palavra por palavra. O Senhor Alaor estava boquiaberto e sua pele morena se mostrava mais pálida que a de sua esposa, visivelmente adoecida. Agora eu era capaz de compreender a mensagem por completo. Sabia o que significava a frase *Uma mulher, cujo ventre é tão puro quanto as areias do deserto que cercam sua casa, deixará de morrer para dar à luz uma menina.* Estava mais do que evidente. Sophia, cujo nome aparecia descrito nas palavras escritas por Platão, assim como o de sua mãe, Eritreia, estava à beira da morte. Tudo isso fora profetizado pelo mestre Zaratustra. Eu sempre acreditei em profecias, mas sempre as vi como uma possibilidade e não como um destino certo. Nem tudo que é profetizado está fadado a acontecer, mas existe uma tendência muito forte que caminha para tal direção. Ao longo da história, muitas profecias antigas, julgadas como bruxarias na época em que foram escritas, tornaram-se concretas e transformaram a vida do planeta Terra. A Segunda Grande Guerra, por exemplo, fora prevista por Nostradamus, o maior vidente de todos os tempos, e também descrita por irmã Lúcia, como um dos três segredos confiados a ela e aos seus dois irmãos pela Virgem Maria, fato que ocorreu na cidade de Fátima no ano de 1917. A igreja classificou este fenômeno como um milagre divino, e a humanidade passou a conhecê-lo como *Os segredos de Fátima.*

Eu fitei Sophia por alguns segundos. Seus olhos fracos se arregalaram e se voltaram ao encontro de Sybila.

– Filha, você tem o livre-arbítrio para escolher se aceita ou não. O seu último diagnóstico não foi muito animador, não é mesmo? – murmurou Sybila.

– Sophia, ao que tudo indica você foi escolhida por Deus para dar à menina Cristo, que voltará ao nosso mundo muito em breve, a luz, segundo as previsões do mestre Zaratustra e de outros profetas. Além disso, você está recebendo a dádiva de permanecer viva entre nós, dada a pureza de sua alma – eu lhe disse.

Meus olhos enxergaram de esguelha um sorriso de encanto no rosto de Sybila em minha direção. Eu me contive para não sorrir em demasiado num momento tão sério e importante.

– Pode sorrir – sussurrou Sybila em meus ouvidos sem que seus lábios se movessem. A cena congelou minha pele que se retesou num piscar de olhos. Eu realmente não havia me acostumado com tantos fenômenos sobrenaturais. O arrepio foi quebrado pela voz doce e meiga de Sophia.

– O que acontecerá se eu escolher aceitar a oferta de Deus?

– Contaremos a todos, inclusive para Michael, que você veio a falecer e a levaremos para uma caverna em Jerusalém. Um lugar seguro escolhido pessoalmente pelo Padre Horácio. Um arfar de alívio se ouviu na respiração do Senhor Alaor e mais uma vez a minha vontade era de sorrir emocionado. A pele do meu rosto enrijeceu e meus lábios se delinearam em uma linha fina e tímida.

– Eu vou poder me despedir dele? – Sophia perguntou, com lágrimas nos olhos.

– O Senhor Alaor irá levá-lo ao hospital Maadi hoje à noite para uma breve despedida, mas você não poderá tocar neste assunto, pois isto causaria problemas tanto para o nascimento da menina quanto para a segurança de seu filho – disse Sybila.

Uma enxurrada de lágrimas escorreu do rosto meigo e doce de Sophia. Ela sabia que morreria para sua família a partir do instante em que deixasse esta caverna. O Senhor Alaor tentou acalentar seu sofrimento e a trouxe para repousar em seu ombro.

– É o melhor que podemos fazer. Você estará morta em poucos dias, segundo os médicos, amigos de seu esposo – murmurou Sybila, novamente.

– O que você acha? – Sophia perguntou ao marido em um sussurro que mal pôde ser ouvido.

– Eu estou de acordo – ele respondeu, com a voz trêmula e o cenho emocionado. – Michael ficará bem, nada lhe faltará. Eu prometo – completou.

– Filha, qual é a sua decisão? – perguntou Sybila.

Um silêncio confortador abraçou a todos nós. Eu me senti confiante para lhe dizer algo, e foi o que fiz.

– Querida, vou lhe contar brevemente o que minha avó me disse há muito tempo, quando eu ainda era um garoto. Guardo isso comigo como um presente para a eternidade.

Os olhos de todos se voltaram para mim. Eu arfei profundamente e, com um sorriso de saudade, confidenciei a eles as palavras de minha avó Yolanda.

"Toda vez que você estiver diante de uma situação em que tenha de tomar uma decisão, tente vê-la de maneira plural. Se você enxergá-la sob um único ponto de vista, a decisão terá sido tomada pela sua incapacidade de melhor enxergá-la."

– Sábias palavras de sua avó – completou Ana.

– Eu aceito – Sophia afirmou. A minha vontade era de abraçá-la. Acredito que a de todos os presentes também, mas, como corríamos contra o tempo, Sybila emendou de maneira austera:

– Como faremos isso? – ela perguntou, olhando para mim. Naquela altura dos acontecimentos eu me sentia uma pessoa um pouco mais segura para tomar decisões importantes.

– Eu tenho um plano – respondi de imediato e com entusiasmo.

Capítulo 11

```
Cairo, Egito
Horas depois
```

O PLANO

A noite caiu rápida como um relâmpago na abafada cidade do Cairo. Eu adormeci durante todo o percurso que nos levou da caverna, localizada nos arredores do Monte Sinai, até a capital do Egito. A lua reluzia de maneira pálida no negro e estrelado céu da cidade, onde o vento passeava liberto e resoluto pelas ruas do centro, fazendo com que uma fina camada de areia se arrastasse por entre as construções como se fosse uma serpente. Enquanto Sophia se despedia de seu filho no hospital Maadi, eu segui na direção do museu do Cairo, na companhia de Ana, que permanecia com um sorriso doce e meigo, mesmo tendo dirigido cerca de dez horas, só neste dia.

Ao contrário do que pensei, o trânsito nas ruas permanecia intenso e pesado, exatamente como nos horários de pico em Roma. Não é por menos que a capital do Egito é conhecida como *a cidade que nunca dorme.*

Ao longe, já se destacava quatro holofotes externos de segurança acesos, que revelavam um dos museus mais vivos e mais completos que o mundo já conheceu. Aqui, os ponteiros do meu simples relógio de pulso, adquirido numa loja de quinquilharias na esquina da Praça Dela Minerva, apontavam para as 22h20. A loja, vendida há mais de dez anos, pertencia à família Belasário desde a década de trinta e foi um dos únicos estabelecimentos comercias que sobreviveu a Segunda Grande Guerra. Jorge Belasário, filho do Senhor Eurico Belasário, trabalhava com o pai na loja e, nas horas vagas, costumava jogar futebol e bolas de gude nas areias que circundavam o Panteon. Atualmente essas areias foram substituídas por pequenos jardins, que crescem de maneira ordenada e colorida em meio às casas de café de aspecto irlandês, que recebem mais estrangeiros do que italianos.

Chegamos ao nosso destino com uma hora de atraso. Os imensos portões de ferro, somados ao saltitar das pessoas que se acotovelavam pelas redondezas, fizeram-me titubear e até pensar em arquitetar outro plano. Já era tarde para bolar algo alternativo. Além disso, a aprovação de Sybila me trouxe a confiança dos campeões, o que para mim era quase um feito inédito, exceção feita às provas de natação que venci na infância. Mesmo naquela época, a minha personalidade fora desenvolvida a partir de um sentimento de medo, nos intensos e intermináveis pesadelos que sempre me atacaram durante o sono, e na falta de confiança, que certamente foi a razão pela qual Gabrielle sempre me desprezou.

A fachada da frente do museu do Cairo estava em obras. Além do descascado e das imensas correções em massa corrida que salpicava por suas paredes, a cor púrpura predominava. Circundei o museu até avistar um espaço seguro para uma invasão certeira e de pouco risco. Encontrei no fundo algo que poderia acenar como um bom local de acesso. Um portão simples colado a um pequeno muro de tijolos, pintado recentemente na cor púrpura e que separava o prédio da rampa que se estendia até o rio Nilo, apresentou-se diante de meus olhos. Dava para ver as felucas lá embaixo, de onde saíam as músicas que dominavam aquela parte da cidade. Felucas são espécies de barcos de madeira que recebem turistas para jantares dançantes tipicamente árabes. Costumam permanecer ancoradas, flutuando sobre as águas do rio, decoradas por luminárias românticas e coloridas, produzindo uma alegria que contagia a todos os estrangeiros, proporcionando uma noite certamente inesquecível. Eu também era um estrangeiro, mas nada do que eu precisava fazer seria divertido. Talvez interiormente a adrenalina que corria pelas minhas veias fosse do mesmo tamanho e intensidade da alegria que eles deveriam estar sentindo. Quem sabe?

Ana deixou-me a alguns metros daquele pequeno portão de ferro de aparência frágil e de tom ferrugem. Com um leve tranco, a corrente que o prendia cedeu alguns centímetros, o suficiente para meu braço passar. Desta vez, resolvi usar meus pés. Chutei o portão com força e o estalo da corrente se partindo competiu em altura com as músicas que ainda ressoavam das felucas às minhas costas. O portão eu já havia ultrapassado. Fiz um sinal de positivo para Ana, que automaticamente desligou os faróis do carro. Agora, eu tinha de encontrar uma porta. Estava escuro e a batina escura que me vestia me ajudaria na sigilosa movimentação durante a execução do plano. O suor e o tremor de minhas mãos não maquiavam a minha tensão. Meu corpo tremia de frio debaixo de uma temperatura que chegava aos 35°C. Percorri a passos lentos o entorno do museu, escondendo-me em meio a um jardim repleto de arbustos bem aparados, decorados com pequenos lagos circulares, que tinham flores de papiro e de lótus. As laterais do prédio eram bem amplas e deviam servir de estacionamento em boa parte dos dias. Olhei para o alto e fitei, preso à parede de sustentação da face leste do museu, um andaime laranja coberto por uma rede de proteção e decidi subir por ele para ver o que eu encontrava. Se a sorte estivesse ao meu lado, uma janela se abriria à frente de meus olhos. As barras de ferro estavam geladas e contrastavam com o bafo fervente do calor da cidade, o que fazia minhas mãos suarem além da conta. O terceiro degrau era bem escorregadio e foi fatal para minha bota com solado de borracha bem desgastado. Despenquei de lá de cima, a uma altura de três metros, e cheguei até a duvidar da sorte que, minutos antes, sorria em minha direção. Mas, desistir estava fora dos planos!

Redobrei minha atenção e comecei a subir novamente, degrau por degrau. Primeiro colocava minha mão direita, a que considero a mais forte e com os dedos mais firmes, e a encaixava de maneira segura. Só então levava a mão esquerda e, em seguida, os pés. Olhei para baixo e notei que um dos guardas, de uniforme preto e com um rádio apoiado em uma de suas mãos, caminhava descontraído apenas para cumprir seu ritual. Seus pensamentos deviam estar longe daqui, o que para mim era uma maravilha. Mesmo assim, "todo cuidado é pouco", pensei comigo. Eu prendi a respiração, como costumava fazer durante a infância quando estava na piscina, e cerrei meus olhos, na tentativa de me esconder daquele sujeito, cuja morbidade dos passos beirava uma despreocupação não habitual para um segurança. A sorte sorriu para mim por duas vezes seguidas durante aqueles poucos segundos. Primeiro, quando o guarda dobrou a parede leste e se dirigiu para a parte sul do prédio até eu perdê-lo de vista. Logo depois, quando retomei a respiração e me preparava novamente para continuar a subida, me deparei com uma janela aberta. Havia apenas uma tela cinzenta que me separava do interior do museu, colocada ali para evitar a entrada de insetos. Cerrei meu punho direito, o mais forte, e comecei a golpear a proteção, a ponto de fazê-la ceder, mas sem deixá-la cair no chão, o que seria um verdadeiro desastre. Tive o cuidado de socá-la exatamente no instante em que a batida da música, que vinha da feluca mais próxima, era bem forte. Minha respiração começou a ficar trêmula e entrecortada, mas nem me importei. "Meu plano está dando certo", pensei, enquanto esmurrava a tela, que naquela altura já se movia como um tecido macio recém-saído da lavanderia. Assim que a tela cedeu totalmente, eu a dobrei de modo que meu corpo a ultrapassasse. Dei um impulso com as mãos e as pernas num leve salto, e percebi que eu já estava lá dentro. O ar-condicionado atingiu minha pele que se retesou num instante. Meu suor se secou como num passe de mágica e eu tossi. Permaneci imóvel até que meus pulmões recuperassem o fôlego e meus olhos desvendassem a penumbra que dominava o ambiente. Aos poucos, minhas pupilas foram se adaptando a pouca luminosidade, que vinha da lua, reluzente e brilhante, pendurada num céu repleto de estrelas, e dos holofotes presos às paredes externas do edifício, que invadiam o interior do museu de maneira tímida, quase nula. Eu me descobri aos pés de uma escadaria que se erguia ao fundo de um imenso galpão. Subi instintivamente os degraus da escada e me deparei com outro enorme galpão, que se estendia e se perdia naquela escuridão. Dobrei à esquerda e segui caminhando delicadamente, a passos de algodão, até me ver diante dos tesouros do faraó mais amado de toda a história egípcia, o inesquecível Tutankamon. A esta altura, meus olhos já conseguiam decifrar boa parte dos corredores do segundo andar do imenso e encantador museu do Cairo. Segui caminhando até tropeçar em um vaso, que não chegou a tombar, mas se arrastou pelo chão em um grito agudo e arranhado. Minhas pernas bambearam. Ouvi passos apressados e apertados subindo as escadarias e vindo em minha direção. Rápido como um raio, me escondi atrás de uma das coroas de Tutankamon, de onde avistei um estreito corredor.

Lancei-me até lá e multipliquei o silêncio por alguns minutos. O segurança se aproximava de mim, a se julgar pela luz circular de sua lanterna que dançava sobre o piso decorado em mármore, com intensidade. Seus passos cessaram e uma voz estridente e rouca rompeu o silêncio do galpão e soou num enorme eco, que perambulou por todo o prédio. As palavras vieram em árabe e depois em inglês.

– *Fi hadan haun?*

– *Who is there?* (Quem está aí?) – ele perguntou.

Temi pela minha vida, mas principalmente pela vida da menina Cristo, que dependia do meu sucesso para nascer. E como a sorte estava sorrindo em minha direção esta noite, um gato miou alto e cruzou a luz da lanterna do segurança, que já circulava pelo bico de minhas botas. Ele arfou em um tom de alívio, o mesmo alívio que me abraçou ao ouvi-lo girar na direção das escadarias. Agora é a minha chance, pensei, preenchendo meu peito novamente com motivação e coragem. Voltei ao corredor principal e caminhei até encontrar uma pequena rampa circular, exatamente onde Ana me orientou a chegar. Desci rapidamente e um arrepio arranhou todo meu corpo. Uma mistura de clorofórmio e terra molhada perfumava uma pequena sala retangular. Havia incontáveis prateleiras dispostas simetricamente pelas paredes. Nelas, encontrei os meus tesouros. Peguei a primeira múmia que achei, coloquei-a com cuidado dentro de um saco de lixo que guardei preso à cintura, amarrei a ponta com firmeza e segui pelo corredor tentando me lembrar do caminho de volta. Atravessei a janela com a múmia, surpreendentemente leve, presa em uma de minhas mãos e me segurei com a outra no andaime enferrujado, que se estendia até o chão. Olhei para baixo e para frente e fitei a caminhonete com os faróis acesos novamente. Desci tão rápido que se alguém me visse pensaria que eu estava despencando de lá de cima. Faltando poucos metros do chão, a múmia escapou do saco pelo nó afrouxado e malfeito, e se chocou com toda força no cimento. Pelo barulho que só eu pude ouvir, graças à música que ainda encantava os turistas no interior das felucas, pensei que ela estaria aos cacos.

Para minha sorte, ela estava intacta!

Corri até a caminhonete e acomodei a múmia na caçamba, junto às maçãs. "Os egípcios realmente sabiam conservar seus mortos", pensei, abrindo a porta da cabine do carro. Encontrei o sorriso de Ana assim que me acomodei no banco e descobri que estava exausto.

– Foi por pouco – confidenciei.

Ela esticou os lábios, aumentando o sorriso até mostrar seus dentes brancos e perfeitos.

– Você esteve ótimo, Padre Horácio – ela murmurou.

– Obrigado – agradeci, com o carro já em movimento.

Estacionamos na entrada do hospital Maadi cerca de meia hora depois, e descemos do carro debaixo de uma forte chuva, que se formou e caiu de repente. O calor havia suavizado e uma brisa leve hidratava a pele junto à água da chuva que caía firme e intensa. Ana e eu nos entreolhamos e seguimos em direção à entrada do hospital. "Deve estar uns 28°C", arrisquei em pensamento.

– Espere! – Ana gritou, segurando-me pelo braço em um movimento brusco e único.

– O que foi? – perguntei, assustado.

– Olhe – Ana apontou seu dedo indicador na direção de um jipe, pintado na cor verde, que saía do estacionamento. Nele, podia-se observar o Doutor Alaor e, ao seu lado, um garoto aos prantos com a cabeça apoiada no vidro lateral do carro.

Obviamente que se tratava de Michael. Aquela cena me paralisou. Caí em uma tristeza sem tamanhos nem índices. Ana teve que me segurar novamente pelo braço e me guiar até o hall principal do Centro Intensivo do Hospital. Um saguão amplo, bem iluminado, decorado com lajotas de mármore e um sofá amarelo, que abraçava toda a lateral do cômodo, se estendeu diante de meus olhos, que procuravam motivos para não chorar. Nas paredes, fotos das sete maravilhas do mundo antigo forravam as paredes brancas e bem conservadas, em meio a enormes vitrais, de onde se avistava a chuva cair. Varri as gravuras com rapidez e um sorriso tímido delineado nos lábios. As pirâmides do Egito, os jardins suspensos da Babilônia, a estátua de Zeus no Olimpo, o colosso de Rodes, o templo de Diana, o mausoléu de Halicarnasso e, por fim, o farol de Alexandria. Ao fundo, uma sequência de cadeiras dispostas em fileiras nos separava da recepção. Seguimos aos solavancos até uma mulher de olhar fundo e sorriso caramelado, vestindo um *hijab* azul-claro, nos dar boas-vindas.

– Nós vamos ao quarto 104 – Ana disse-lhe, aos sussurros.

A recepcionista assentiu com um gesto de cabeça e um doce sorriso, nos deu dois crachás e deixou o balcão logo depois. Seguimos caminhando até uma pequena escada, cujos degraus eram revestidos em carpete de madeira clara, que se estendia até o primeiro andar, onde se revelavam os quartos. Antes de batermos na porta anunciando nossa chegada ao quarto 104, segunda porta no lado direito de um imenso e espaçoso corredor, eu me segurei no ombro de Ana, arfei em um tom de remorso e disse quase arrependido:

– O garoto está sofrendo muito!

– Sophia não aguentaria uma semana se não a levássemos. Ela morreria daqui a alguns dias e Michael viveria lá o que está vivendo agora. Já estava previsto – Ana explicou, com a voz calma e serena.

Mesmo falando de maneira tranquila, aquelas palavras ainda cortavam meu coração feito lâminas afiadas sendo estocadas em meu peito.

– Mas não precisava ter tanto sofrimento – me ouvi dizendo, num desabafo.

– Este mundo é um mundo de sofrimento. Assim dizem os iluminados – ela murmurou, enquanto os nós de seus dedos batiam delicadamente na porta. Após isso, ela girou a maçaneta tentando não fazer nenhum barulho. A porta se abriu e um pequeno cômodo triangular se revelou diante de meus olhos, inchados e avermelhados. Sophia estava deitada em seu leito sob um edredom roxo. Seus olhos se mostravam fracos e estavam entreabertos. Sua pele levava um tom amarelado e seus lábios se desenhavam sem cor. Atrás de sua cama, uma foto de Michael se destacava sobre um pequeno móvel cor de mel de duas gavetas, ao lado de um abajur aceso em meia-luz. Era a única iluminação do quarto, exceção feita à lua, que, mesmo escondida por entre as nuvens que cobriam o céu noturno da cidade, enviava filetes de luz que atravessavam a pequena e circular janela, que se apresentava ao fundo, ao lado do banheiro aberto e escuro.

– Precisamos sair o mais rápido possível – Ana sentenciou ao ouvido de Sophia.

– Estou pronta – ela respondeu, com enorme dificuldade.

– Eu te ajudo – sussurrei, de maneira espontânea e imediata.

Apanhei uma pequena mala de madeira marrom e apoiei o braço esquerdo de Sophia por trás de minha cabeça, até acomodá-lo em meu ombro. Seu peso era tão leve quanto o da múmia que dormia na caçamba da caminhonete de Ana. Seguimos caminhando a passos firmes até o estacionamento, onde o carro nos esperava debaixo de uma garoa tão fina, que mal chegava a umedecer a roupa. Enquanto eu retirava o saco de silício preto com a múmia da caçamba da caminhonete, deixei Sophia sentada no banco do passageiro. Ana e eu colocamos um estreito e fino colchonete sob as caixas de maçã em uma espécie de túnel e, em seguida, acomodamos Sophia deitada sobre ele, debaixo de um edredom quente e confortável.

– Você irá dormir e quando acordar já estará lá – eu disse a ela em tom de despedida.

– Está bem. Obrigada!

– Se tiver fome, coma maçã – eu a orientei.

– Tudo bem – ela concordou, enquanto eu colocava duas caixas à frente do vão onde ela estava escondida.

– Ficou perfeito – Ana aquiesceu.

– Nos encontramos em breve – eu me despedi, dando-lhe um forte abraço. Ela retribuiu o abraço e me entregou uma chave.

– O que é isso? – perguntei confuso.

– Ela abre a catedral – respondeu, dando-me as costas.

Apanhei o saco de silício preto que estava ao lado da roda dianteira da caminhonete e segui em direção a Catedral de São Marcos, localizada acima das ruínas do forte Babylon, no distrito do velho Cairo, onde seria realizada a cremação na manhã seguinte. São Marcos foi o primeiro apóstolo a divulgar o cristianismo aqui no Egito. Meus pés exaustos pararam de caminhar por alguns poucos segundos, enquanto meus olhos fitavam o contorno da caminhonete branca de Ana se afastar na penumbra da noite, levando consigo a mãe de Cristo, escondida sob centenas de maçãs.

– Boa sorte! – exclamei, em voz baixa e com lágrimas escorrendo de meus olhos. Passei a noite em claro, rolando sobre uma colcha imunda colocada para mim na entrada lateral da catedral de São Marcos pelo Doutor Alaor. Ele havia deixado a chave com Ana, após ter ofertado uma quantia robusta para o reparo da Catedral poucas horas atrás.

Na manhã seguinte, cerca de dez pessoas, entre familiares e amigos, acompanharam a cremação que eu havia preparado na madrugada anterior, já que o sono não chegou nem a me cumprimentar de longe. Aproveitei as horas para acomodar o corpo da múmia na plataforma que é lançada à câmara de cremação, vestida sob um véu escuro que lhe cobria o corpo totalmente. O Senhor Alaor foi quem empurrou a plataforma à câmara, antes mesmo da cerimônia ser iniciada. Por um capricho da sorte, o corpo da múmia era praticamente do mesmo tamanho que o de Sophia.

Tudo correu perfeitamente dentro do planejado. Mesmo assim, meus olhos não conseguiram se desvencilhar do rosto surpreendentemente tranquilo e dos olhos distantes do garoto Michael, de mãos dadas com seu pai. "O que será que ele está pensando?", tal pergunta não saía da minha cabeça.

Logo após a cerimônia, eu me aproximei do Senhor Alaor e o cumprimentei. Em seguida, ajoelhei-me diante de Michael e lhe acariciei os cabelos cacheados. Eu sabia muito bem que os anos seguintes seriam de um enorme vazio para ele. A cicatriz da morte nunca se fecha. Você apenas se acostuma a viver com a ferida, aberta por toda a eternidade, escorrendo pus, dor, sangue e saudade, e é só.

– Vai ficar tudo bem, você vai ver. Tudo acontece por uma razão – eu lhe disse, na tentativa de confortá-lo.

Seu rosto não se moveu e seus olhos me perfuraram com um brilho intenso, que só os homens bons possuem. Ergui-me novamente e segui na direção do Monte Sinai para me encontrar com Sybila. Já fazia dois dias que eu não dormia e, assim que eu coloquei meus pés dentro daquela caverna, quente e escura, joguei meu corpo atrás do tronco de árvore onde ela faz suas previsões e apaguei em um sono profundo e sem sonhos. Lembro-me de Sybila ter me coberto com uma manta pesada e de ter me perguntado algo.

– Como foi? – ela sussurrou.

– Está feito – eu respondi, sem nem ter me dado ao trabalho de abrir os olhos.

Capítulo 12

Roma, Itália
24 de dezembro de 2003

O LIVRO SECRETO

Na véspera do Natal, Dom Benedetto convidou-me para passar a noite com ele e com Frei Toninho em Santa Maria Maggiore. Disse ainda que algo muito importante ia ser revelado a mim e que esta data seria a mais adequada. A esta altura, quando eu estava em Roma, o que havia se tornado um fato raro, já passava mais tempo na companhia dele do que cuidando de minha própria igreja. Levantei-me de um só golpe da cadeira, onde meus pensamentos passeavam por mim enquanto meu corpo relaxava, e me dirigi ao banheiro. Tomei um banho bem quente, daqueles que deixa o cômodo totalmente esfumaçado. Deixei o chuveiro e me enrolei na toalha branca que eu mais gostava e, antes de me pentear, escrevi com o dedo indicador a palavra "Cristo" no espelho revestido pela transpiração do calor da água quente do meu banho. A palavra se desmanchou em traços de água corrida e revelou pequenos orifícios do meu rosto em um espelho ainda nebuloso. Escolhi um deles, o que deixou minha imagem mais nítida, e o utilizei para pentear meus cabelos. Caminhei até o quarto e apanhei meu relógio de pulso, que me aguardava sobre o antigo e único móvel do aposento, onde se via uma foto de minha mãe me carregando no colo, ainda em preto e branco, e a minha inseparável Bíblia Sagrada. Vesti uma calça e uma camisa, deixando de lado a batina pela primeira vez em anos. Não tive vontade de usá-la esta noite e resolvi obedecer ao meu estranho sentimento. "Dom Benedetto não irá se incomodar", pensei, sorrindo. Cheguei na Igreja Santa Maria Maggiore em aproximadamente trinta e cinco minutos de uma caminhada a passos cansados, mas tranquilos. O frio era intenso em toda a Itália, os termômetros mostravam-se baixos, cerca de 3°C, o vento era forte e cortante, e uma garoa fina, irritante e intermitente, salpicava por sobre a cidade. As pessoas que se arriscavam a caminhar pelas ruas desertas e iluminadas da cidade, se enchiam de casacos, luvas e cachecóis. O inverno é uma estação que nos incomoda muito, mas, convenhamos, é um período elegante e muito chique. As mulheres desfilam sobre as ruas, revestidas por um gelo fino quase arenoso, calçadas dentro de suas botas coloridas, que se erguem dos pés até a altura dos joelhos. Casacos de grife, luvas e acessórios de deixar qualquer estrangeiro boquiaberto completam o figurino. Pena que não são muitos os que se arriscam a nos visitar nesta época do ano, preferindo o calor do verão. Meus olhos se espantaram ao entrar no corredor, que segue direto ao quarto de Dom Benedetto, e vê-lo todo iluminado por tochas fumegantes, que dançavam ao passear de um vento tímido e gelado, a se arriscar por ali. Eu ainda não havia me acostumado ao fato de a porta do quarto dele se abrir sozinha todas as vezes que eu me aproximava. Levei um susto e meu corpo se retesou num súbito. "Como é louco tudo isso", pensei. O cômodo estava exatamente como sempre, decorado de maneira simples e cheirando a umidade. Apenas a mesa central nos convidava a lembrar da noite de Natal. Uma toalha cor-de-rosa a cobria. Sobre ela se apresentava um pote de barro, coberto por um misto de frutas coloridas, ao lado de um prato, contendo um enorme bolo de chocolate. Completavam a decoração: uma torta de brócolis e um salpicão de legumes, dispostos à frente de uma garrafa de vinho, empoeirada e sem rótulo; pratos e talheres. Frei Toninho apareceu na sala vazia, cumprimentou-me apenas com um aceno de cabeça, já que seus braços carregavam pães e um pequeno pote de arroz.

– Olá – cumprimentei meu amigo com um sorriso.

– Ajude-me aqui, por favor – Frei Toninho disse, passando-me o pote de arroz, quente como brasa, que quase queimou meus dedos.

– Tem mais? – perguntei, com um semblante que exalava alegria. Eu realmente vivia momentos felizes e inesquecíveis. Para quem, até então, levou a vida em água morna, sem muitas emoções e quase sem companhia, entrar nesta jornada me fez viver intensamente e, principalmente, fazer amigos. Por falar nisso, eu já começava a sentir saudades do monge.

– Só falta trazer as nozes que estão em uma pequena vasilha de vidro, sobre a pia da cozinha – ele respondeu, saindo da sala em disparada.

Dobrei a primeira porta do corredor à direita a passos cautelosos e levei um tremendo susto. Dom Benedetto estava lá, em absoluto silêncio, com a vasilha de nozes nas mãos.

– É hoje! – Dom Benedetto exclamou, com os olhos arregalados e arredondados. Suas pupilas estavam levemente avermelhadas e meu corpo todo se arrepiou num gélido tremor.

– O que vai ser hoje? – perguntei, assustado.

– Você vai conhecer o livro secreto – ele respondeu de imediato.

– Meu Deus do céu! – desabafei, acompanhado por um longo suspiro.

Nós dois caímos na risada. Ele me passou a vasilha repleta de nozes sem casca e deu-me um caloroso abraço.

– Você está bem vestido, meu amigo Horácio – Dom Benedetto comentou, ironicamente.

– É que...

– Não se preocupe – ele me interrompeu, no momento em que eu tentava me explicar. – Você está aqui e é isso o que importa – completou.

Aquelas palavras ficaram gravadas em minha memória, e posso dizer com absoluta certeza que, por mais que esses últimos dias tenham sido bem diferentes da maioria dos dias de minha vida, esta pequena frase foi o maior presente que já ganhei em uma noite de Natal.

– Obrigado – agradeci, com os olhos boiando em lágrimas.

– Deixe as nozes sobre a mesa da sala e venha até o meu quarto. Quero lhe mostrar algo – ele disse, dando-me as costas.

Eu obedeci humildemente. Acomodei a vasilha com as nozes descascadas ao lado da garrafa de vinho e sobre o único espaço vazio que restava na mesa. Retornei ao corredor, que dormia na escuridão, e segui a passos ansiosos na direção de um filete de luz, que se formava e escapava por entre a fresta da porta do quarto de Dom Benedetto e o piso.

– Entre – ele me convidou. Desta vez a porta permaneceu fechada, sem truques, aguardando o girar da maçaneta. Foi o que eu fiz. Abri a porta de madeira, que rangeu num rosnado alto e rouco e se movimentou de maneira trepidante. Dom Benedetto estava sentado na beirada da cama, disposta no fundo do quarto, em frente à janela. Por ela, nada se via além de um muro cinzento e irregular.

Havia um pequeno livro em suas mãos.

– Sente-se um pouco, bispo – ele disse, apontando para a cadeira à sua frente.

– O que você quer me mostrar? – perguntei, sabendo que se tratava daquele livro, com perfume de mofo e ácaros.

– Isto – Dom Benedetto respondeu, erguendo o livro.

Ele tinha um aspecto muito antigo, talvez da época de Cristo ou bem próximo a ela. Sua capa era dourada e lisa, em que se lia a palavra "Kolbrin" em alto relevo e na cor vermelha. Dentro dele, inúmeras páginas amareladas e manchadas, escritas de maneira desordenada, com letras negras e uma letra aparentemente medieval, recheavam aquela estranha edição.

– Que livro é este? – perguntei.

– Você já ouviu falar na Bíblia de Kolbrin?

Neguei com a cabeça. Meus olhos se abriram em um círculo imenso, intenso e atento.

– Posso? – estendi a mão para apanhá-lo.

– Tudo bem – respondeu Dom Benedetto, passando-me o livro.

– A Bíblia do Kolbrin é um livro sagrado que começou a ser desenvolvido há mais de cinco mil anos. É um conjunto de onze livros ou peças, inicialmente escrito pelos egípcios antigos na época da construção da grande pirâmide, de Quéops. As últimas cinco peças, ou os últimos cinco livros, foram escritos pelos sacerdotes celtas, aproximadamente quarenta anos após a morte de Cristo, talvez um pouco mais. Basicamente, os livros preveem um corpo celeste misterioso, conhecido inicialmente como *O destruidor*, com potencial para se colidir com a Terra. E mesmo que não venha a se chocar com o nosso planeta, sua passagem será tão próxima, que os especialistas imaginam ser impossível escapar de seu magnetismo.

Há 3.600 anos, este mesmo corpo celeste, cuja órbita é elíptica e irregular, passou por aqui e devastou a Atlântida. Os textos garantem que *O destruidor*, chamado no livro das revelações de *Absinto* pelo apóstolo João, terá seu retorno em nossa Era. Nada restará além de poeira, fogo, sangue e rochas. Os moradores desse planeta, chamado de Nibiru pelos cientistas, são os Anunnakis ou Néter. Eles, que já nos visitaram na época da construção das pirâmides de Gizé, nem sentirão o impacto. Seu planeta é quatro vezes maior do que a Terra, por esta razão, a iminente colisão, ou sua simples passagem por aqui, será como uma ventania que irá se prolongar por alguns dias ou semanas. Já era hora de você saber disso.

– A espada de Deus cumprirá a profecia – comentei, lembrando-me das palavras de Ana, a essênia. Internamente eu ainda mantinha esperança de que tudo isso não passasse de um delírio, uma loucura, um boato.

– Cumprirá – ele confirmou.

– Vamos jantar? – perguntei, após alguns segundos de silêncio.

Ele pegou o livro de minhas mãos e o deixou sobre sua cama. Em seguida, Dom Benedetto se levantou e seguiu na direção da sala.

– Vamos – ele disse. – Antes que eu me esqueça, feliz aniversário – acrescentou.

Antes de deixarmos o quarto, ele se voltou para mim e me deu um forte abraço. Na sala, Frei Toninho nos aguardava sentado à mesa, com a paciência dos homens bons e justos.

O restante da noite foi perfumado com uma sensação de alegria e amor. Comemos, bebemos e conversamos sobre inúmeros assuntos. No final dela, quando os ponteiros do meu relógio marcavam 3 horas da madrugada, as lembranças da infância invadiram nossas mentes. Gabrielle veio a meus pensamentos como uma onda que morre na areia num movimento certo e único. E foi com ela que caí num sono doce e tranquilo, deitado sobre uma cama arrumada, num cômodo disposto do outro lado do corredor principal, que se estende até o quintal do fundo da igreja. Foi o meu melhor sonho em anos.

Gabrielle vinha a meu encontro. Ela não podia me ver, mas eu a enxergava perfeitamente. Estava linda como sempre, seus cabelos continuavam lisos e bonitos, porém mais curtos. Em seu rosto havia traços de cansaço e linhas finas ao redor dos olhos, depositadas pela idade avançada, mas o brilho de sua pele ainda era extenuante. Suas palavras pareciam tristes e seus olhos umedecidos demonstravam arrependimento. Eu queria abraçá-la, mas meu corpo não se movia. Eu parecia estar dentro de uma cabine fechada, impossibilitado de sair. Senti que ela desejava ser confortada. Foi o que tentei fazer. Algumas palavras de amor saíram de meu coração e escaparam pelos orifícios da cabine fechada, seguindo na direção dos ouvidos de Gabrielle.

– Obrigada. Eu volto logo – ela disse, antes de desaparecer.

Naquele instante eu acordei num movimento brusco e repentino.

2006

Capítulo 13

Roma, Itália

O ATENTADO

O ano de 2006 começou como um enorme choque elétrico. Eram 7 horas da manhã de uma sexta-feira chuvosa em Roma, mas as temperaturas estavam altas, contrariando o restante da semana. Eu voltei a passar um tempo razoável e suficiente em minha igreja, a ponto de conseguir administrá-la. Padre Mariano por vezes era solicitado a me substituir, porém, nos últimos três anos, tal ocorrência se repetiu por apenas seis vezes. Eu permanecia deitado na cama recompondo-me do cansaço do dia anterior, em que estive com Dom Benedetto em Santa Maria Maggiore, sua casa. Ontem foi um desses seis dias em que Padre Mariano me substituiu. Um cheiro forte de gás e fumaça atacou minhas narinas e eu, de súbito, coloquei-me em pé num golpe único e rápido. Corri em direção à cozinha, mas estava tudo perfeitamente em seu devido lugar. A chave do gás estava fechada, a mangueira bem atada e os botões de acender as bocas do fogão permaneciam na posição desligada. Arfei com alívio, mas, quando meu fôlego se reordenou em meus pulmões, fui abatido novamente pelo cheiro de fumaça, que arranhou minha respiração de maneira ainda mais protuberante. Lancei-me a passos largos e apertados ao corredor principal e estranhei-o não estar mergulhado na penumbra. Ao fundo, próximo à escada, avistei uma luz cintilante e tremeluzente a dançar em tom alaranjado pelas paredes cinzentas do corredor, como se fora uma tocha utilizada propositalmente para iluminar o caminho. À medida que eu me aproximava da estranha luz, o cheiro de gás e fumaça se tornava ainda mais feroz. Imaginei, num susto, que o demônio estivesse à minha procura pela segunda vez e, de súbito, minhas pernas titubearam e meus passos se permitiram falhar. Tão logo eu pisei no primeiro degrau da escada, meu corpo perdeu o equilíbrio e fui arremessado contra a parede. Ouvi um estalo ensurdecedor e um grito, nesta ordem, vindos do salão principal da igreja. Minha cabeça doía muito. Os degraus da escada giravam como um espiral devido à minha tontura. Mesmo assim, coloquei-me em pé apoiando as mãos nas paredes laterais e subi os degraus o mais rápido que pude. Meus pés se arrastavam. O cheiro de queimado e a fumaça, que já dominavam a igreja, eram tão fortes que uma intensa neblina se formou diante de meus olhos ardentes. Por segundos, eu mal consegui respirar, quiçá enxergar. Quando o fiz, prendi uma quantidade de ar suficiente para atravessar aquela brasa quente, tingida de cinza e preto. Ouvi gritos novamente, agora com mais nitidez e intensidade. Meus olhos captaram um vulto correndo e se debatendo em meio a uma enorme chama de fogo, que se desenhava à frente. Ele parecia vestir uma túnica escura. Meu coração saltitou e meu estômago golpeou minha boca. O medo me dominava completamente, como de costume. Dei mais dois passos e me aproximei do corpo, que ainda saltitava no fogo. Ele estava a poucos metros de meus olhos. Só a fumaça nos separava. Ele se virou na minha direção num movimento brusco, e eu descobri quem estava ali. Desesperei-me e, num ato mais instintivo do que racional, mergulhei em meio à fumaça e ao fogo e o agarrei, puxando-o pela batina fervente. Fitei onde estava e, num rápido movimento, apanhei a toalha branca, suja, porém intacta, que estranhamente se destacava alheia ao evento, por sobre a mesa do altar.

– Dom Benedetto! – deixei escapar, num sussurro.

Ele não respondeu, mas abriu um dos olhos com enorme dificuldade. Joguei a toalha sobre seu corpo e rosto. O fogo cedeu. A temperatura de sua pele chegou a queimar minhas mãos. Retirei a toalha de seu rosto e levei uma punhalada em meu coração. Metade dele se mostrava desfigurado, repleto de sangue e carne morta. Um enorme orifício na altura da maçã do rosto apareceu diante de minha visão, turva e amedrontada. Uma lágrima percorreu meu rosto e se despedaçou sobre o olho queimado de Dom Benedetto, que o fez grunhir um gemido de dor nauseante. No mesmo instante, ouvi o barulho de uma sirene se aproximar e meus olhos se desviaram na direção da porta da frente. Três homens com extintores de incêndio em mãos a romperam.

– Graças a Deus! – exclamei, em voz alta.

Outro homem surgiu em meio à fumaça e nos retirou do fogaréu, que ainda destruía o altar da igreja. Ele vestia branco da cabeça aos pés. Seu rosto estava coberto por uma máscara de proteção das vias respiratórias, apenas seus olhos azuis à mostra. O médico estendeu o braço esquerdo e abriu sua mala, apoiada ao lado de seus pés.

– Coloque isto! Rápido! – ele me orientou, oferecendo-me uma máscara como a dele.

– Você está bem? – o médico perguntou a Dom Benedetto.

– Tai... Tai... Tai – ele sussurrou.

– Quem é Tai? – o médico me perguntou.

Eu dei de ombros e voltei meus olhos na direção de meu amigo, que apagou num desmaio relaxante.

– Ele vai ficar bem, Doutor?

– Creio que sim! – ele respondeu.

O fogo já havia cessado e a fumaça deixado o local. As portas da igreja estavam todas abertas e uma multidão já se colocava ao lado de fora para testemunhar o acontecido. Os bombeiros auxiliaram o médico a acomodar Dom Benedetto na maca e a levá-lo até a ambulância, que aguardava na Praça Del Popolo, em frente à igreja.

Dom Benedetto permaneceu internado no Hospital San Pietro Fatebenefratelli, localizado no número 600 da Via Cássia, por exatos 21 dias. Ele não disse uma palavra a ninguém até deixar o hospital, com metade do rosto queimado e desfigurado, um olho cego e os lábios um pouco mais carnudos. Uma boa parte de seus cabelos não estava mais presente. Em seu lugar, enormes cicatrizes mascaravam o que um dia já fora um belo rosto.

Ele estava vivo, e era isso o que importava para mim. Meu amigo estava vivo!

Capítulo 14

CONFESSIONÁRIO

Acordei assustado, vindo de um sono profundo e sonhos pesados, com o tilintar do telefone ecoando por todo o corredor da igreja, ao lado do quarto que me servia de aposento. Corri para atendê-lo o mais rápido que consegui. Acreditava ser alguma notícia de Dom Benedetto, que ainda permanecia no hospital. Ele já estava internado fazia quinze dias, e os médicos estavam confiantes que sua alta seria no mais tardar, em uma semana. Essa era a notícia que eu aguardava. Ao contrário do que pensei, uma voz rouca de mulher me cumprimentou e surpreendeu-me totalmente.

– Alô, Padre?

– Sim – respondi, educadamente e sem me preocupar em esconder o tom de espanto.

– Preciso fazer uma confissão – ela murmurou.

– Tudo bem. Qual é o seu nome?

– Sou uma velha amiga.

– Sim – disse-lhe, com compaixão e compreensão – 11 horas está bom para a senhora? – perguntei.

– Perfeito!

– Fique com Deus e até...

– Espere! Só mais uma coisa – ela me interrompeu.

– O que foi?

– Você pode me esperar dentro do confessionário? Eu não quero ser vista – ela desabafou, em um estranho pedido.

– Como quiser – eu assenti e desliguei o aparelho. Respirei de maneira profunda até conseguir digerir o fato. Voltei para meu quarto a passos vagarosos e reflexivos, pensando em nosso mundo. É realmente um lugar onde temos de conviver com intensos sofrimentos. Caí sobre a cama desarrumada e dormi um sono leve e tranquilo até as 10h30 da manhã. "Estou atrasado", pensei, ao abrir os olhos.

Ergui-me aos solavancos em um movimento brusco, regido pelo susto. Eu nunca havia me atrasado a um compromisso. Não seria desta vez! Meditei enquanto entrava no chuveiro. Deixei minha barba por fazer e vesti minha batina preta, quase ao mesmo tempo em que escovava os dentes. Arfei com tranquilidade quando me vi pronto a cinco minutos do horário marcado. Tomei um gole de água e caminhei em direção ao confessionário, disposto à direita do altar principal, que obviamente passava por reformas. Assim que me acomodei lá dentro e fechei a cortina avermelhada e a porta de madeira escura, ouvi um grunhido do lado de fora. O tremor da cabine me fez adivinhar a presença da mulher misteriosa.

– Bom dia, Padre – ela me cumprimentou.

– Bom dia. Em que posso ajudá-la? – perguntei de imediato.

À medida que sua voz penetrava dentro da cabine e, consequentemente, dentro dos meus ouvidos, tive a percepção de que ela era bem familiar, mas ainda não o suficiente para descobrir quem era. Uma voz levemente rouca, ligeiramente grave e que transpirava ansiedade. O conjunto de suas palavras era encantador, e, se eu não estivesse com minha atenção apurada, teria dispersado em alguma vírgula.

– Padre, minha vida tem sido uma farsa desde a infância. Eu prefiro morrer a continuar levando meus dias desta maneira – desabafou de princípio.

– Estou aqui para lhe ajudar. Pode prosseguir – disse-lhe, em um tom de conforto.

– Eu nunca escutei meu coração. Sempre preferi ouvir o que os outros me diziam ou o que as aparências identificavam como mais aceito.

Um silêncio abrasador a calou por alguns minutos.

– Prossiga – eu a incentivei.

– Na época da infância e da adolescência, eu amei silenciosamente um menino. Mas, esse garoto, que hoje deve estar com a mesma idade que a minha, era a pessoa que todos zombavam. Eu também zombava dele, muito mais para negar e esconder o amor que crescia dentro de mim, como um magma a ponto de explodir do interior de um vulcão, do que para acompanhar a turma da bagunça, da qual eu fazia e queria continuar fazendo parte. Quando eu chegava em casa, corria para meu quarto e caía aos prantos, totalmente arrependida. Jurava que nunca mais iria humilhá-lo, mas o dia seguinte nascia e eu me esquecia do que havia prometido. Eu torcia para que meus amigos de classe fossem expulsos da escola ou mudassem para outra região da Itália, só para que eu pudesse me declarar a ele e viver esta paixão. Por causa disso, um enorme vazio, uma cratera do tamanho do Grand Canyon emergiu de meu peito. Casei-me duas vezes, mas todas as noites, quando eu me deitava ao lado de meu marido, meus olhos se voltavam à infância e eu sonhava com aquele menino, o amor da minha vida, que nunca foi meu – ela concluiu envolta em soluços e lágrimas.

Uma mistura de sentimentos contraditórios arranhou meu coração e fez tremer o chão em que eu tentava me equilibrar. Se ao menos eu desconfiasse disso, toda a minha vida teria sido diferente. Assim como aconteceu com ela, também emergiu de meu peito uma cratera de infelicidade, sem precedentes.

– Gabrielle, minha Gabrielle – sussurrei, com os olhos afogados num choro amargo.

– O que disse? – eu a ouvi perguntar.

Calei-me num silêncio mórbido. Minha pele arrepiada tinha os pelos saltados e meus ossos congelados me impediam de deixar o confessionário. Fiquei estático, passando as imagens dos mais de quarenta anos perdidos de um amor real entre duas pessoas que nunca se encontraram, mesmo se vendo todos os dias.

– Padre, você ainda está aí?

– Sim – murmurei.

A minha vontade era romper aquela cortina, abrir a porta e abraçá-la com a força de um Deus grego. Mas, como o resumo de minha vida sempre foi conter meu ímpeto, mais uma vez engoli aquela força que me impulsionava na direção de Gabrielle e acabei, logo após alguns minutos de inação, dizendo-lhe algumas palavras de conforto.

– Minha filha, você não cometeu nenhum pecado. Volte para casa e viva a sua vida aceitando as escolhas que fez. Elas, com certeza, lhe trouxeram grandes méritos também.

– Eu preciso ir! Volto em breve – disse-me, sumindo da igreja num rompante acelerado, como se fosse um relâmpago, que surge e desaparece sem ter sido visto, mas deixa o rastro da chuva por um longo período.

Assim eu me sentia, tenso e à espera da chuva. Lembrei-me do sonho recente que tive com Gabrielle e percebi que não se tratava de um simples devaneio. "Era um aviso", pensei comigo, enquanto saía para caminhar, sem destino, pelas ruelas de uma Roma coberta por um teto azulado e um calor fervoroso.

Perdi-me totalmente em meus pensamentos e em um estranho sentimento temperado de alegria, conforto e remorso. O fato de saber que ela havia me amado, talvez na mesma intensidade que eu o fiz e ainda o fazia, trouxe-me um ligeiro conforto. As horas voaram como uma águia cruzando o luar. E foi em sua companhia que eu retornei à igreja. A lua já se mostrava imponente e reluzente pendurada em um céu escuro e limpo, quando meus passos me levaram de volta para casa. Eu estava exausto e meu estômago suplicava por comida. Meus lábios se curvaram em um sorriso tímido, involuntário e poético. Com essa imagem eu tentei dormir. Sem sucesso!

Capítulo 15

Dias depois

O MEU PRIMEIRO SONHO COM SYBILA

O breu dominava a cidade. Estávamos sem luz desde o início da manhã. Por sorte, o vento era generoso e um sol tímido mascarava a densa massa fria, que cobria o azul do céu de Roma. Era uma terça-feira e muita gente nem chegou a trabalhar, devido à falta de eletricidade. No dia seguinte, os jornais estamparam a manchete: *Roma parou na escuridão.* A igreja Santa Maria Maggiore permaneceu o dia todo como se estivesse mergulhada na madrugada. Ninguém ousou entrar, exceto eu, que fui almoçar com Dom Benedetto e Frei Toninho. Durante a noite, a penumbra das casas se alimentou das velas e as pessoas preferiram não sair às ruas, nem os turistas. Eu me arrisquei a voltar para minha igreja. Já era tarde. Os ponteiros de meu relógio apontavam para às 22 horas. Despedi-me de Frei Toninho e de Dom Benedetto e segui caminhando pelas ruelas abandonadas da cidade. Mas não foi isso que me assustou naquela noite, pelo contrário, meu coração era compatível com a escuridão. Enquanto meus pés percorriam mecanicamente o caminho de casa, uma sensação estranha assolou minha pele, que se retesou como se a temperatura tivesse despencado abaixo de zero. Uma fome de sabedoria se instalou em minha garganta feito um nó. Havia algo a ser descoberto naquela noite. Alguém abriria a porta e deixaria minha curiosidade à mostra. Eu não tinha ideia de quem seria. O tamanho de sua curiosidade é o que te transforma em descobridor, e não o tesouro a ser descoberto. Lembrei-me, com saudade, da frase que meu professor de história, Andrés Sanavino, costumava dizer.

De repente, um sussurro estancou meus devaneios. Não fui capaz de identificar as palavras. Permaneci em silêncio para que elas chegassem novamente aos meus ouvidos. Foram minutos de um mórbido e tenebroso descanso, como se a mensagem estivesse à espreita, a uma esquina de distância. "Talvez na próxima esquina", pensei. E estava!

Nós nunca sabemos o que a próxima esquina está nos reservando.

Minha mãe costumava me dizer nos momentos em que as dúvidas me faziam mergulhar num umbral de agonia, e lá eu vivia quase o tempo todo.

Eu dobrei a esquina e esbocei um sorriso leve, com o canto dos lábios. Meus pés amansaram os passos, como se esperassem a chegada de algo revelador. E chegou mais rápido do que eu havia pensado.

– Vá dormir – uma voz sussurrou, agora com mais nitidez.

Eu já havia chegado à igreja. Caminhei a passos lentos até o meu quarto. Antes de deitar, meus olhos se encantaram com a maneira que a noite se apresentava, ao fitar o céu pela janela. A lua iluminava um nicho da cidade, mergulhada na escuridão. Contrariando as possibilidades, meu quarto recebia um enorme feixe de luz, que o clareava de ponta a ponta. Acendi uma vela disposta sobre o criado mudo, mas ela se apagou, vendo-se sem utilidade. Uma pequena fumaça serpenteou pelo quarto até alcançar o teto, que clamava por pintura. Coloquei-me a deitar e aguardei meus olhos se fecharem naturalmente. Surpreendi-me com a palavra que saiu da minha garganta no momento em que minhas pálpebras se recostaram.

– Sybila? É você? – murmurei, diante do silêncio que ecoava pelo cômodo e pela cidade.

Aquela misteriosa senhora se colocou em pé ao lado da cama. Seus olhos arregalados e arredondados me assustaram de imediato. Olhei com mais atenção e notei que ela vestia uma saia longa, cor de laranja, e uma blusa verde, num tom bem claro. Um véu de seda azul cobria seus cabelos, brancos e encaracolados. Um arrepio perfurou meu peito ao perceber que seu corpo balançava feito um pêndulo.

Então, ela disse:

– Bispo, sei que você guarda muitas dúvidas. Esta noite vou esclarecê--las a você. O que ainda não consegue compreender? – Sybila perguntou.

– Eu não consigo compreender o porquê do retorno da menina Cristo se ela não virá com a missão de salvar o mundo.

– Você realmente vê futuro para este mundo? – Sybila me indagou.

– Como assim? – perguntei confuso.

– Um mundo onde filhos matam seus próprios pais e mães jogam seus próprios filhos pela janela. Os governantes, aqueles que se comprometeram a cuidar de sua população, mandam seus jovens para a guerra por causa de poços de petróleo. O que vale mais? Pessoas se suicidam com bombas presas ao próprio corpo, com o objetivo de matar outros seres, tão humanos quanto eles, e ainda o fazem em nome de um iluminado; um mundo onde as árvores e os animais são torturados; irmãos roubam irmãos; órgãos são vendidos, retirados de pessoas ainda vivas; um mundo onde só há ódio, violência, ganância, poder e ambição. Você caminha e não vê amor, compreensão, respeito, fraternidade. Existe futuro para um mundo assim?

– Infelizmente eu não consigo ver futuro para o nosso mundo – respondi, com enorme pesar.

– Nós matamos nossos Cristos, nossos Budas, nossos filósofos e nossos pensadores. Se não os matamos fisicamente, assassinamos suas ideias, interpretando-as de maneira egoísta e em benefício de alguns poucos. O AntiCristo, previsto na Bíblia, nas cartas de Papa Pio XII, nos escritos de Nostradamus e de tantos outros, é um produto deste mundo que ajudamos a criar com nossas atitudes desajustadas. Ele é um representante do mundo que nós sonhamos todas as noites. E ele já está aqui entre nós, esperando o momento de se revelar – ela sentenciou.

– O que você realmente crê que vai acontecer em 2012? – perguntei de imediato.

– Bispo, Deus está muito descontente com os homens. O mundo já está no fim há muito tempo. Atualmente ele respira por aparelhos, mas realmente está fadado a sucumbir. E irá sucumbir – Sybila respondeu.

– O que a menina Cristo veio fazer aqui?

– O comandante do navio nunca abandona o barco. Só alguém muito amoroso e iluminado desce do paraíso para atravessar o inferno conosco.

– Haverá sobreviventes? – perguntei esperançoso.

– Um ou outro. Pode até acontecer, mas tenho certeza que estes poucos sobreviventes invejarão os mortos, tão árdua a vida na Terra após o dia 21 de dezembro de 2012 – Sybila sussurrou e depois partiu.

Aquelas palavras não me confortaram, mas me trouxeram outro tipo de compreensão. Nós realmente temos pouco tempo de vida para tentarmos amar o próximo como a nós mesmos e vivermos de acordo com a ética de Deus. Buda estava certo quando disse que este mundo é um local de intenso sofrimento e que tal sofrimento tem origem na ignorância. Nós escolhemos ignorar o caminho da verdade e do amor e pegamos a trilha que nos levará ao abismo. Quando Jesus disse: *Eu sou o caminho, a verdade e a vida,* Ele realmente quis dizer que o amor é a estrada a ser trilhada por nossos pés. Nós não demos escuta a Jesus.

Sybila está certa! Nós matamos Cristo!

Capítulo 16

Roma, Itália

O SEGUNDO ENCONTRO

O sol escaldante ofuscou minha vista por alguns bons minutos. Eu nada enxergava. A sensação de medo, que eu conhecia como ninguém, me cumprimentou ágil e forte, como o golpe de um lutador. Aos poucos, com o apertar dos olhos e o passar do tempo, uma coisa aqui e outra ali foi sendo identificada. Ao fundo, próximo a uma montanha rochosa, um vulto fazia sinal com as mãos a me chamar. Fiquei intrigado e, como sou uma pessoa curiosa, segui caminhando em sua direção. À medida que meus pés salpicavam a areia da praia de Geremeas, na região de Sardenha, a paisagem surgia bela diante de minha visão estabelecida. O estranho era que o vulto continuava ofuscado. "Talvez seja a posição do sol", pensei de soslaio. Uma gaivota atravessou meu caminho aos cânticos, como se zombasse de mim, e este foi o único som que consegui escutar enquanto caminhava, exceção feita, ao farfalhar da quebra de ondas do mar, doce e azul, da deserta praia de Geremeas. Varri o ambiente com os olhos e um imenso vazio foi o que encontrei. Não havia barco, banhistas, surfistas, comerciantes, nada. Éramos eu e o vulto. A montanha de rochas já se apresentava gigantesca diante de minhas pupilas e algumas pedras, enormes e pontiagudas, se precipitavam a esmo sobre a areia por onde meus pés serpenteavam. O vulto permanecia lá a me chamar com as mãos. Estranhamente ele se encontrava de costas, mas suas mãos se movimentavam como se o tronco de seu corpo estivesse voltado para a minha direção. Uma pontada atingiu meu peito. Minha saliva me trouxe um hálito de medo ao perceber que aquela coisa vestia uma batina negra igual à minha. Eu estreitei meus olhos para me certificar de que não era uma miragem. Não era! Respirei de maneira profunda e um cheiro de queimado arranhou minhas narinas, como se o ar fosse feito de espinhos. Algumas gotas começaram a despencar das nuvens, que se formaram silenciosamente sem que eu tivesse percebido. Uma gota grossa pingou no dorso de minha mão direita e se espatifou em um chuvisco por sobre a areia, clara e fofa. Fiquei pálido de susto e meus pés abandonaram os passos de maneira repentina. Meus olhos pestanejaram até acreditar no que viam. A gota era vermelha como sangue. Tentei fugir de lá a galopadas, mas minhas pernas não obedeceram e tudo o que consegui enxergar foram mais gotas de sangue pingando e escorrendo em minha pele petrificada. À frente, a poucos passos de mim, o vulto crescia, mas ainda permanecia de costas. Apertei o passo em sua direção no exato momento em que consegui me mover. Eu precisava de uma explicação e só aquela criatura era competente a ponto de me dizer o que estava havendo. Meu corpo já sentia sua vibração, densa e pesada, e se eu esticasse meus braços a ponta de meus dedos o tocaria. Ele ainda permanecia de costas. Suas mãos não se moviam mais e sua batina negra dançava ao ritmo do vento e da chuva vermelha. De súbito e num movimento único e brusco, o vulto se virou na minha direção. Uma flechada perfurou minha paz, que já não era grande, muito menos estável, e imediatamente uma tremedeira intensa dominou meus movimentos involuntariamente. Minhas pernas falharam e eu não tive forças nem para gritar por socorro. Não precisei pressionar a memória para adivinhar quem estava ali à minha procura, ou por que não, quem eu estava tentado a encontrar novamente. Inclinei meus olhos em sua direção mais uma vez e seu rosto estalou em minhas pupilas, feito uma mágica.

"É ele! O outro de mim", tais pensamentos perfuraram meu cérebro.

– Ajude-me, Padre – a besta me disse, num tom sarcástico.

Havia uma coroa de espinhos fincada em sua cabeça e o sangue que escorria dos ferimentos se juntava às gotas vermelhas, que insistiam em despencar do céu, agora com mais intensidade.

– Ajude-me, Padre – ele repetiu as palavras.

O que me restava de sanidade guiou-me numa rotação de 180 graus e só uma ação passou pela minha mente naquele instante. Correr! E muito rápido! Minhas pernas ouviram a orientação, vinda de uma célula solitária, e se deslocaram precisas pela areia tingida de sangue, que revoava para todos os lados. Um vento abrasador, que se agitava na direção contrária, golpeou meus olhos e cegou-me por alguns segundos, num ardor penoso e ferrenho. Uma unhada atingiu minhas costas e eu me desequilibrei e desabei, batendo com o rosto em cheio sobre a areia da praia.

– Socorro – me peguei gritando, ao abrir os olhos. Foi quando avistei a porta do meu quarto. – Graças a Deus – orei e arfei num suspiro de alívio.

O suor escorria de minha pele com enorme velocidade e ensopava o meu pijama. Voltei a cabeça ao travesseiro e acendi o abajur, acomodado sobre o criado-mudo. A lâmpada se apagou segundos depois. Eu tornei a clicar no botão na tentativa de acendê-lo, mas a lâmpada não dava mais nenhum sinal de vida. Cobri os olhos com o lençol e tentei dormir. Um sussurro soprou em meus ouvidos durante toda a madrugada e meus olhos não pregaram por um minuto sequer.

– Ajude-me, Padre. – Estas foram as palavras que me atormentaram, de maneira ininterrupta e insaciável.

Capítulo 17

Roma, Itália
Fevereiro de 2006

TAI

Um mês exato se arrastou desde o fogaréu que assolou minha igreja, já em reformas, e desfigurou o rosto de Dom Benedetto. Ele ainda não havia tocado no assunto e, por mais incrível que possa parecer, não demonstrava nenhum abalo com o incidente. Continuava um homem forte, dono de si, místico e assustador. Na verdade, seu novo rosto até que combinava com sua personalidade, se é que podemos chamar de rosto o que restou dele sobre o pescoço. Enquanto eu me preparava para vê-lo, minha mente mergulhava em um bálsamo de dúvidas. "Quem seria capaz de incendiar a minha igreja? Será mesmo que o alvo do fogo era o altar ou ele seria apenas a desculpa para matar uma pessoa?".

Vesti-me com um dos meus habituais figurinos, batina marrom com capuz e sandálias. Saí às pressas, como de costume. Corri o mais rápido que pude, serpenteando pelas ruelas estreitas de uma Roma em plena primavera. Durante o trajeto meus olhos ainda se encantavam com os enormes edifícios centenários, margeados por enormes jardins coloridos e repletos de flores bem conservadas. Cheguei à igreja Santa Maria Maggiore sem perceber a passagem do tempo. Como se um simples piscar de olhos tivesse me levado em sua garupa. Frei Toninho estava na escadaria em frente à fachada principal da igreja, comprando um algodão doce de um jovem simpático, de aparência latina, que passava por ali com seu carrinho, pintado nas cores laranja e prata. Meu amigo era viciado em doces. Se Dom Benedetto permitisse, ele substituía suas refeições por pedaços maiúsculos de bolo, tortas e bolas de sorvete mergulhadas em caldas cremosas e pegajosas.

– Bom dia, Padre Horácio. Você quer um? – Frei Toninho me cumprimentou, oferecendo-me um algodão doce.

Eu sorri e lembrei-me da carência que meu estômago deveria estar sentindo. Há horas eu não colocava nada na boca e minha fome já batia em minhas costas, feito o golpe de um lutador.

– Bom dia, Frei Toninho. Hoje eu vou aceitar – me escutei dizendo, enquanto lambia os beiços. Sabia que não era lá o melhor alimento para começar o dia, mas, por ora, colocar algo no estômago já me ajudaria a ficar mais disposto. Vendo pelo lado otimista, o que não era o meu forte, até que um doce me auxiliaria na tarefa de diminuir a ansiedade, que quase sempre jantava minha paz a dentadas firmes e pontiagudas. Dom Benedetto estava como sempre. Eu o encontrei em pé, de costas para a porta entreaberta, tentando erguer à distância um copo que se destacava sobre a geladeira desativada. Sua mão direita em formato de concha agarrava o vazio, como se o copo de vidro estivesse acomodado e protegido por entre seus dedos. Meus lábios se ergueram em um sorriso tímido para que ele não se desconcentrasse, mas ele já devia ter sentido minha presença desde que levei à boca o primeiro chumaço do algodão doce que eu segurava.

– Trouxeram um pra mim? – ele disse, quebrando o silêncio, a concentração e o copo, que se espatifou no chão ao despencar de cima da geladeira.

– De novo, não! – Frei Toninho desabafou, agachando para recolher os cacos de vidro.

– Não importa – Dom Benedetto retrucou, dando de ombros. – Sente--se, Bispo – convidou-me, enquanto puxava a cadeira para se sentar. Eu fiz o mesmo, sentando-me à sua frente e lhe oferecendo o algodão doce. Ele negou com a cabeça.

– Você tem ideia de quem fez aquilo em sua igreja? – Dom Benedetto fez a pergunta que tilintava em meus devaneios. Ele parecia estar lendo meus pensamentos e, na verdade, eu não duvidava disso.

– Não – respondi, de imediato e em um tom sincero.

– Já ouviu falar em uma organização conhecida como TAI?

– Nunca – respondi, sem pestanejar.

– *The Apocalipse Institute* é uma organização secreta que busca, por qualquer meio, impedir que assuntos referentes à 2012 se alastrem na sociedade como uma epidemia. Sejam eles de ordem catastrófica ou até mesmo aqueles referentes ao retorno de Cristo à Terra – explicou.

– Eles não podem agir dessa forma! Você teria morrido se eu não chegasse a tempo – eu vociferei, batendo com a palma da mão na mesa. O algodão doce, acomodado sobre ela, deu um rodopio e caiu ao lado de Frei Toninho, que ainda recolhia os pedacinhos de vidro que restavam no chão.

– É hoje! – ele desabafou. Meus lábios sorriram num movimento rápido e involuntário.

– Na verdade, eles queriam provocar a sua morte, bispo. Eu estava lá para tirá-lo da igreja a mando de Sybila. Foi ela quem previu a chegada deles e me mandou o recado – Dom Benedetto sentenciou.

– Como ela conseguiu te avisar?

– Você sabe! Já sonhou com ela, não? – ele inquiriu.

Assenti com os olhos estreitos e com o pensamento mergulhado em todo aquele tornado de acontecimentos.

– Temos de tomar mais cuidado a partir de agora – comentei cabisbaixo.

– Certamente – Dom Benedetto disse, retirando do bolso quatro fotografias em preto e branco. Estendeu seu braço e as entregou para mim.

– Quem são eles? – perguntei, registrando as fotos com os olhos, uma a uma.

– Robert Kennedy, Vincent Graner, Philip Tensor e a Senhora Geórgia Domini. Eles são da organização que acabei de lhe falar.

– Malditos – desabafei, com fúria.

Capítulo 18

Quatro meses depois

GABRIELLE REAPARECE

Estava escuro. O dia já raiava lá fora, mas o sol havia amanhecido com certa preguiça ou até com uma boa dose de indiferença. As nuvens que cobriam o céu da capital o auxiliavam no processo lento de clarear aquela cinzenta manhã de sexta-feira, dia 23 de junho.

Eu levei um tremendo susto ao sair de meu aposento. Abri a porta do quarto e Gabrielle despontou diante de meus olhos, ainda ardidos de sono. Imaginei que pudesse ser uma miragem, diante de minha saudade e de meu desejo por vê-la. Mas, percebi que ela realmente estava ali à minha espera, não sei por quanto tempo, quando largou sua bolsa cor de limão ao chão e se debruçou em meu pescoço em um forte abraço.

– Senti sua falta – ela sussurrou.

Preferi me calar desta vez e me afastei delicadamente. Seu corpo era quente e me senti aliviado quando nos separamos.

– O que a traz aqui? – perguntei, para quebrar o silêncio, que nos arranhava de maneira desconfortável.

– É aqui que você mora? – ela me inquiriu sem dar atenção à minha pergunta.

– Sim – respondi de soslaio. Meus dedos tocaram seu braço e, num puxão firme e delicado, a conduzi até o salão principal da igreja.

Um grunhido atacou nossos ouvidos avisando que a chuva havia dado o ar de sua graça, o que tornou aquela manhã ainda mais escura.

– Que pena! Queria tanto sair e dar uma volta por aí – Gabrielle reclamou. Em seus lábios carnudos se desenhou uma pequena curva voltada para baixo e seus olhos se inclinaram na direção do portão da frente.

– Não há problema. Sentamos aqui e conversamos. Venha! – improvisei.

Gabrielle fitou o céu por alguns bons instantes sem proferir nenhuma palavra. Sua respiração entrecortada demonstrava uma ansiedade doentia, ou a caminho disso.

– O que a traz aqui? – repeti a pergunta de meia hora atrás.

– Eu queria ficar perto de você, Horácio – ela confessou, e voltou seus olhos umedecidos em minha direção.

Meu coração bateu mais forte, como se eu corresse uma maratona, mas mantive a postura.

– Estou aqui para o que precisar – completei.

Nossos pés caminharam mais alguns metros até sentirmos o vento acariciar nosso rosto diante da porta aberta da catedral. Deixamos o interior da igreja e nos acomodamos em um banco de madeira, disposto logo na entrada. Ao contrário do que pensei, não estava frio, embora continuasse chuviscando fino. O clima era suave, fresco, longe de ser exageradamente quente.

– Eu queria saber se há vida em outros planetas – Gabrielle murmurou, fitando o céu nublado, pintado de cinza chumbo.

– Certamente que há – respondi, sem pestanejar.

– Como sabe?

– Não sei, mas acredito – me ouvi dizendo, com sinceridade.

– Então, não tem certeza – ela me desafiou. Um sorriso tímido foi descoberto em seu rosto pálido e quase sem vida.

– Não tenho certeza, mas, como um bom Padre, tenho fé – disse-lhe, aos risos.

– Padre, o que nós representamos para o universo? – ela me perguntou, enquanto estávamos novamente na igreja para nos proteger da chuva, que agora despencava das nuvens de maneira forte e irregular.

– É uma boa pergunta. Vou tentar explicar, de uma maneira simples, como eu vejo nosso mundo.

Ela assentiu com um movimento de cabeça e seus olhos se abriram em sinal de atenção. As palavras presas em minha garganta me fizeram estudar o assunto por segundos.

– Fale logo! – insistiu Gabrielle, impaciente.

– Imagine que o universo é uma escola. Nós somos a classe problemática, dentre suas inúmeras turmas. A nossa sala está repleta de repetentes, de pessoas que apresentam mau comportamento, alunos indisciplinados e com dificuldades no aprendizado. Passaram por aqui diversos professores acima da média. Para citar alguns: Jesus, Buda, Sócrates, Mahavira, Zaratustra, Maomé, Mahatma Gandhi. A pergunta é: Nós conseguimos assimilar o que Eles vieram nos ensinar?

– Nada – ela respondeu de prontidão.

– Muito próximo disso. Um ou outro conseguiu captar alguma coisa – confirmei.

– E o que irá acontecer conosco? – perguntou, preocupada.

– Assim como fora previsto, e eu espero de coração que estejam todos enganados, nossa classe não existirá mais, e os alunos daqui serão dissolvidos em outras salas do universo. Entendeu?

– Perfeitamente! – ela respondeu. – O mundo irá mesmo ver seu fim? – ela emendou.

– Creio que sim – afirmei, com a voz suave e triste. – Meu coração deseja o contrário – confessei, num sussurro.

– E por que ele ainda não terminou se ao longo dos tempos demonstramos esse mau comportamento?

Eu cerrei meus olhos e aguardei até as ideias que borbulhavam dentro de minha mente se assentarem.

– Nós temos uma capacidade invejável de criação. Somos muito criativos, como só os alunos baderneiros e indisciplinados são capazes de ser. É apenas um palpite – respondi, enquanto meus lábios se racharam num sorriso solto.

– Tem fundamento e legitimidade – emendou, caindo no riso.

Gabrielle permaneceu introspectiva e reflexiva o restante da manhã. A garoa que insistia em despencar das nuvens carregadas arranhava os vitrais da igreja e trazia uma sensação momentânea de paz e de boas lembranças. Recordei-me de uma tarde em que estávamos no pátio da escola fazendo trabalho de ciências, minha melhor disciplina, em grupos de cinco pessoas, e eu felizmente fui escolhido para fazê-lo no mesmo grupo que Gabrielle. Estudávamos, na ocasião, os estados da água, e eu praticamente fiz o trabalho sozinho. Gabrielle fitava-me como neste exato momento. Havia confiança e segurança em seus olhos e uma admiração que inocentemente eu não enxerguei, caso contrário, teria a beijado ali mesmo. Muito provavelmente ela não retribuiria, mas uma parte dela, segundo a própria, também desejava isso.

– Em que está pensando? – ela me inquiriu, interrompendo meus devaneios, como se um álbum de fotos houvesse sido fechado.

– Estou pensando em nossa infância, no dia em que fizemos o trabalho de ciências juntos – respondi, com certa reserva.

– Eu me lembro deste dia como se fosse ontem – ela murmurou, fitando o vazio, como quem assiste à cena de um filme. – Desejei tanto você naquela tarde que quase pude sentir seus lábios tocando os meus – completou, agora observando meus olhos lacrimejando.

– Pois é. A vida passa e a gente deixa de viver tantas coisas, acreditando que no dia seguinte terá nova oportunidade, mas nunca é a mesma coisa, não é? Ainda mais para alguém tão inseguro como eu – desabafei, com sinceridade.

– Autêntico – comentou, num sussurro. Em seguida, ela se levantou num movimento único, apanhou sua bolsa, acomodada a esmo sobre o banco em que eu permanecia sentado, e bateu em retirada. – Preciso ir – despediu-se, dando-me as costas.

– Adeus – murmurei, para dentro.

Permaneci ali por mais alguns instantes fitando-a desaparecer na garoa, que ainda se arrastava do lado de fora, abraçado por inúmeros e confusos pensamentos.

"O que eu estava fazendo?" Questionei-me uma centena de vezes.

"Eu desistiria de tudo para viver ao lado daquela mulher, que ainda me tira o sono", pensei com culpa. Tais palavras me arranharam o restante dos dias em que vivi na Terra, na esperança de mais um encontro. Mal sabia eu que aquela manhã chuvosa havia sido a última vez em que vi Gabrielle com vida.

2009

Capítulo 19

Jerusalém, Israel
23 de dezembro de 2009
Quarta-feira

A PRIMEIRA VISITA

Cheguei a Tel Aviv às 15h30, vindo de um voo extremamente difícil e cansativo, recheado de náuseas, dores de cabeça e turbulências que acabaram por moer minhas costas, feito carne de pastel de feira. Um forte nó se instalou em meu músculo dorsal e lá fez sua morada. A cada respiração ou a cada passo ele me lembrava de sua existência. Nada disso importava. Nem o frio que me golpeou desprevenido quando deixei o saguão do aeroporto. Olhei para os termômetros e eles indicavam 6°C.

Eu estava ansioso para ver Sophia, mãe de Cristo. Há cerca de seis anos eu havia planejado a sua morte e a trouxe para esta terra sagrada. Dom Benedetto alertou-me de que desta vez ninguém poderia me buscar de carro, nem o monge, tampouco os essênios. Todos cuidavam da proteção de Sophia e, só em caso de extrema urgência, o que não era o caso, deixariam o local. Foi fácil encontrar um motorista de táxi disposto a me levar para Jerusalém. O difícil foi escolher um, tamanha a oferta. Aos risos, eu acabei por entrar no carro do primeiro motorista que me abordou. Um sujeito baixinho, de corpo atarracado, bigode saliente e pele bem morena. Na verdade, ele havia mergulhado sobre minha mala, como se ela fosse o mar Morto em dias de intenso calor. Ao contrário do que pensei, o motorista, que levava o nome de Baruch em uma espécie de crachá preso ao peito, permaneceu calado durante toda a viagem. O tráfego estava intenso, mas não o suficiente para nos atrasar. Após aproximadamente duas horas, eu desci do carro, um Fiat branco que cheirava a cândida e brilhava feito o sol, mas não o daquele dia, de céu nublado e vento arrasador. Minhas pernas bambearam quando avistei ao longe a entrada da caverna. O local que eu havia escolhido cerca de seis anos atrás aparentava estar intacto, ao menos observado do lado de fora. Um ou outro vendedor ambulante tentava abordar os turistas, que se aventuravam pelo jardim de Getsemani e pela montanha de Gólgota, disposta ao fundo, onde hoje abriga a bela Basílica de Santo Sepulcro, que constitui um dos locais mais sagrados da cristandade. A Basílica de Santo Sepulcro é um local em Jerusalém onde a tradição cristã afirma que Jesus Cristo foi crucificado, sepultado e de onde ressuscitou no domingo de Páscoa. Em 1099, o califa fatimida Al-Hakim ordenou a destruição de todas as igrejas de Jerusalém, incluindo a do Santo Sepulcro. A notícia de sua destruição foi um dos fatores que levaram às Cruzadas. No entanto, neste mesmo ano, os cruzados tomaram Jerusalém e construíram uma nova Basílica, que está até hoje aos pés do Monte. A nova igreja foi consagrada em 1149. Debaixo dela se revela a cripta de Santa Helena, local onde a mãe de Constantino afirmou ter encontrado a verdadeira cruz na qual Jesus foi crucificado. Caminhei a passos lentos na direção da escadaria, camuflada pelos musgos e plantas, e que se estende até a porta da caverna, um buraco escondido entre as pedras caídas de cima da montanha. Estudei o local com olhos atentos e certifiquei-me de que estava só. Arfei com ansiedade em uma respiração entrecortada. Meus pés colocaram-se na direção da escada e eu subi com cautela. Havia uma madeira recortada por entre as pedras. Imaginei que ela fizesse as funções de uma porta. No chão, largada quase a esmo, uma rocha retangular se apresentava e se misturava ao terreno arenoso. Apanhei a pequena pedra com o cuidado de um cirurgião e bati por três vezes, a meia força, na porta de madeira.

– Quem é? – perguntou uma voz masculina.

– Padre Horácio – respondi de prontidão com a voz trêmula.

Ouvi o trinco estalar em duas voltas e então a porta se abriu. Silas recebeu-me com um sorriso e um abraço forte e caloroso.

– Entre! Esta casa é sua, Padre Horácio – acrescentou.

– Obrigado – agradeci. – Onde estão todos? – perguntei, num sussurro, logo após ter passado os olhos pelo interior da caverna.

– Estão lá no fundo, no jardim – ele respondeu, estendendo o dedo para apontar o caminho.

Por dentro, a caverna estava bem modificada. Cerca de seis anos atrás, era só um buraco repleto de pedras e areia. Agora, um amplo salão, que cheirava a limpeza, estalava à frente dos meus olhos. As luzes ficavam dispostas nos cantos, de onde se via os cômodos surgindo e desaparecendo na penumbra, conforme o dançar do fogo sobre as tochas. Do lado esquerdo, havia um forno feito de pedras que, pelo aroma e pela temperatura elevada, devia estar assando algo. À direita, um poço se revelava por entre rochas enormes e pontiagudas. Ao fundo, bem próximo a um buraco na parede, alguns colchonetes e mantas se acomodavam pelo chão. Eu me agachei o máximo que pude para atravessar aquela cratera improvisada, que desembocava no jardim. Um forte grunhido atravancou minhas costas e a dor quase me levou ao chão. Por segundos, o ar teimou em não penetrar em meus pulmões, mas nada me furtaria a alegria de poder vê-la. Deixei para trás o buraco, a dor e a penumbra e mergulhei numa espécie de quintal dos fundos de uma casa confortável, como se estivesse localizada em algum bairro nobre de Roma. De fato, e para minha surpresa, abriu-se um lindo jardim diante de meus pés. Lajotas de pedra brilhantes, dispostas por entre um gramado verde, indicavam o caminho, que se estendia até um muro alto de areia e pedra. Inúmeras flores coloridas se destacavam pelos cantos e se mostravam vivas e felizes a céu aberto. Ana e Miriam regavam as plantas à minha esquerda. Ofereceram-me um sorriso tão logo eu despontei no jardim. Uma mulher de cabelos encaracolados, caídos na altura dos ombros, permanecia sentada sobre o gramado e aparava uma pequena laranjeira. Sua pele era branca, mas longe de ser pálida, e algumas sardas salpicavam em seu rosto, de traços finos e equilibrados.

Ela percebeu minha presença e seus olhos se inclinaram em minha direção. Eu não contive as lágrimas, que transbordaram por sobre minha pele. Meus lábios trêmulos lançaram de maneira cautelosa, quase num sussurro inaudível, uma única palavra:

– Sophia?

Ela aquiesceu em silêncio, abrindo um sorriso capaz de iluminar os maiores breus do universo. Meu corpo estático travou e eu não consegui me mover. Estava boquiaberto. Ela era linda e em nada se parecia com aquela mulher frágil que conheci seis anos atrás. Num súbito, Sophia se ergueu e caminhou em minha direção. Sua pele macia me confortou quando seus braços me envolveram num abraço fraterno e divino. "Eu estou diante da mãe de Cristo", pensei emocionado.

– Você está um encanto! – exclamei, com ânimo.

– Obrigada – ela agradeceu.

– Trago-lhe ótimas notícias.

– Diga-me, por favor – Sophia falou, pegando-me pelo braço e conduzindo-me até um banco de madeira, pintado com a cor do céu, recostado na parede do fundo do jardim.

– Michael está em Roma com sua mãe. Ele ganhou a viagem de presente de aniversário do seu marido e passará o Natal com ela. Seu filho irá descobrir quem ele realmente é e de quem herdou o dom de prever o futuro – disse-lhe, com calma.

Sophia sorriu. Suas pálpebras se cerraram num movimento único e vagaroso, e um filete de lágrima despontou de cada um de seus olhos.

– Meu filho vai descobrir que é neto dela. Quanta saudade que eu sinto deles. Michael... – ela desabafou e desabou num choro intenso, sem conseguir completar a frase.

No mesmo instante, eu levei minha mão por sobre seu ombro e a trouxe para descansar seu rosto em meu peito.

– Eles estão indo muito bem. Acredite! – tentei confortá-la.

– Eu sei que estão. Mas o nó em meu coração é muito grande. Daria tudo para vê-lo mais uma vez – ela sussurrou, com os olhos agigantados. Eram os olhos de Sybila que estavam ali. Uma onda de choque percorreu-me as veias e eu me levantei num súbito de susto.

– Michael vai ficar tão feliz quando souber que é neto de Sybila. Ela a ama muito – balbuciei, com um doce sorriso.

– Queria estar lá pra ver a carinha dele. Meu Michael – ela acrescentou, com a voz calma e o semblante entristecido.

– Sophia, como estão as coisas por aqui?

– Estão ótimas! Eu trabalho aqui no jardim, ajudo na limpeza da casa e na cozinha. Aos sábados, quando a cidade está cheia de turistas, eu saio para dar uma volta.

– O que os médicos lhe disseram sobre sua saúde?

– Que nasci outra vez – ela respondeu, com um sorriso desenhado nos lábios.

– Você nasceu de novo – confirmei e a encarei nos olhos.

Ela assentiu, se colocou em pé ao meu lado e deu-me um forte abraço. Naquele mesmo instante, Silas apareceu pelo buraco da parede e disse com a voz firme:

– Venham tomar chá.

Nós nos entreolhamos, sorrimos com intimidade e caminhamos lado a lado, a passos ternos, até o interior da caverna.

A penumbra atingiu meus olhos, feito bala de um bacamarte, e eu cerrei a vista de um só golpe.

– Ele vai se acostumar – Padma Yontem disse, aos risos, enquanto me dava um abraço.

– Que saudade do meu grande amigo monge – murmurei, enquanto batia com a palma da mão em suas costas.

O chá de amêndoas foi servido quente, quase fervendo. Para comer havia azeitonas pretas, laranja colhida do próprio jardim, pães e geleia de damasco. Nos dias que se seguiram, fui tão paparicado que me senti como na casa de meus avós, durante as férias. Passeamos, comemos, conversamos e comemoramos meu aniversário de setenta e um anos que ocorreu no dia de Natal. Uma pontada de tristeza arranhou meu peito quando Padma Yontem me levou pela manhã ao Aeroporto Ben Gurion, em Tel Aviv, no dia 30 de dezembro. Meu próximo destino seria o Cairo, de onde eu partiria para a caverna de Sybila, no Monte Sinai.

Capítulo 20

`Monte Sinai`
`Uma semana depois`

O TEXTO DE ZACHARIAS

Cheguei pouco antes do anoitecer. O céu estava pintado de cinza chumbo, onde alguns filetes de luz solar ainda salpicavam por sobre as montanhas e as amoreiras, dispostas no deserto de maneira espaçada, quase esquecidas à solidão. Mas, não foi o tempo nublado, algo raro nesta árida e fervente região, que me chamou a atenção. Um furgão vermelho estava estacionado nas imediações. Ao caminhar para dentro da caverna percebi que Sybila não estava só. Havia um homem sentado de frente para ela. De onde eu estava, na outra margem do lago central, que gorgolejava sem pausas, tudo o que se podia ver era sua silhueta à meia luz. Sybila me chamou com um aceno e eu de prontidão me encaminhei ao seu encontro.

– Sente-se aqui – ela me disse, apontando para o tronco de árvore onde ela permanecia sentada.

Eu me acomodei ao seu lado e logo meu corpo sentiu sua forte vibração. Era como se minha pele estivesse com frio e se aproximasse do fogo. Meu corpo aqueceu num instante e uma ligeira sensação de paz se precipitou em meu peito. Sorri e meus olhos foram ao encontro do homem que estava a minha frente, mas, desde que eu entrei no interior da caverna, ele ainda não havia levantado a cabeça.

– Devo-lhes uma apresentação. Este é o Padre Horácio, o homem de que lhe falei. Este é o Dr. Ezequiel De Laurentis, cientista francês muito famoso, que atualmente vive na Noruega – Sybila nos apresentou e então eu pude vê-lo pela primeira vez. Nós nos colocamos em pé, trocamos um sorriso e apertamos nossas mãos.

O Dr. De Laurentis era um homem alto, de braços musculosos e barriga bem generosa, apesar de estar vestindo um enorme jaleco branco, que a disfarçava de maneira bem competente. Seu rosto era simpático e os olhos verdes eram ofuscados pelas bochechas em formato e cor de maçã. Suas sobrancelhas se mostravam robustas e grisalhas, mesma cor dos cabelos, penteados para trás e fixados com bastante gel.

Após eu me sentar novamente, uma pergunta tilintou em meus ouvidos e rompeu minha mente na mesma intensidade que a chuva começava a despencar do lado de fora da caverna, forte e sem tréguas. Devia ser a primeira vez em cinco anos que chovia no Monte Sinai. Imaginei a felicidade dos arbustos e das árvores desfrutando daquela aguaceira que caía de maneira divina e misteriosa. Voltei a atenção a meus devaneios.

"O que será que Sybila disse-lhe a meu respeito?"

De imediato, um leve sussuro soprou em meus ouvidos e penetrou minha mente, como uma foice a cortar uma enorme rocha ao meio.

– Falei sobre sua coragem – foram as palavras que ecoaram dentro de mim. O que me assustou é que Sybila permanecia imóvel e seus lábios se mostravam cerrados, tal como um cadeado. Seu corpo balançava de um lado a outro, feito um pêndulo. Os olhos arredondados, arregalados a ponto de estourar e brilhantes feito desenho japonês, fitavam o vazio, ou, como ela costumava dizer, enxergavam todas as coisas que de fato existem. Mas, a voz era dela, disso eu tinha certeza. Meu corpo arrepiado desejava correr e fugir, mesmo debaixo daquele temporal, que castigava ou abençoava a frágil região. "Eu ainda sou muito medroso", pensei comigo mesmo e sorri, contrariando o que acabara de ouvir de Sybila.

– Dr. De Laurentis, conte ao Padre Horácio o motivo de sua vinda aqui – Sybila murmurou, em um tom doce e firme.

– Eu vim por causa do meu filho – ele respondeu, com a voz trêmula e entrecortada.

– Quem é seu filho? – Sybila o instigou.

– Em 1999, eu e minha falecida esposa viajamos para a cidade de Provence, região do sul da França, para passar as férias de final de ano. Enquanto eu visitava a loja de antiguidades de um amigo de infância, minha mulher entrou em um orfanato, disposto do outro lado da rua. Ela o fez apenas para conhecer, já que em Oslo, cidade onde morávamos e onde eu e meu filho ainda vivemos, ela costumava ser voluntária em uma creche dentro de um pequeno convento. Lá, ela conheceu Jaconias, um menino doce, calado, de olhar triste e pele pálida, quase translúcida. Um de seus olhos é castanho e o outro se mostra estranhamente acinzentado, tal como um daqueles cachorros siberianos. Ele a chamou de mãe e, desde aquele momento, batalhamos pela sua adoção. Na oportunidade, Jaconias estava com seis anos de idade. A adoção saiu em dezembro do ano seguinte e ele foi para casa conosco, o que nos trouxe muita felicidade. Este sentimento foi atropelado pela morte repentina de Abigail, minha ex-mulher, exatamente na data em que Jaconias completaria um ano em casa, dia 21 de dezembro de 2001.

Desde então, nossa vida não tem sido nada fácil. Meses depois, meu filho, que continua a economizar as palavras, fez uma excursão com a escola para Israel, mais precisamente, na região de Meggido. No início, eu fiquei reticente, mas depois achei que a viagem pudesse distraí-lo e até vir a se tornar uma oportunidade para ele fazer amigos e ampliar sua rede social. Nada disso aconteceu! Jaconias retornou da excursão ainda mais esquisito. Em sua mochila, por entre as roupas, eu descobri um documento antigo. Meu filho disse que encontrou aquele pergaminho no interior de uma gruta e que ele mesmo havia escrito tais palavras, cerca de seiscentos e sessenta e seis anos atrás, quando viveu por lá e atendia pelo nome de Zacharias. De fato, o nome que aparece no rodapé do documento é o mesmo mencionado por meu filho. Eu realizei uma minuciosa pesquisa sobre esse tal de Zacharias e ele realmente viveu naquela região, entre os anos de 1300 e 1355 d.C., e se tratava de um homem conhecido por conversar com as estrelas. Além disso, na parte lateral do pergaminho encontra-se o desenho de uma pomba, símbolo dos Cátaros, e três frases mórbidas.

– Um momento, por favor! – Sybila o interrompeu. – Padre Horácio, você sabe quem foram os Cátaros? – ela me perguntou.

– Não – respondi, já aguardando as explicações.

– Diga a ele, Dr. De Laurentis.

– Os Cátaros foram um grupo que se manifestou em meados do século XI, principalmente no sul da França e no norte da Itália, e teve seu auge no século XIII, quando cometeram um genocídio ante a conversão ao catolicismo. Em se tratando de uma seita oculta, na verdade, um culto cristão medieval, seus fiéis foram perseguidos e acusados de heresia desde que descobertos. Os Cátaros acreditavam na pureza do espírito e na maldade da matéria. Além disso, eles eram milenaristas, ou seja, acreditavam que o mundo viveria mil anos de paz, logo após seu período em chamas, que levaria a humanidade à extinção em 21 de dezembro de 2012.

– Nostradamus também disse isso – Sybila o interrompeu. – Continue, Doutor – acrescentou.

– Sua opinião a respeito dos papas não era das mais benevolentes. Pelo contrário, sempre os consideraram pessoas de índole duvidosa. Inclusive, um livro encontrado em 1994, acredite se quiser, no interior da biblioteca do Vaticano, apresenta cerca de oitenta imagens deixadas pelos Cátaros, que ilustram uma série de eventos que impulsionarão a Terra no caminho do apocalipse. Em várias dessas imagens, aparece a figura de um papa como um dos responsáveis por conduzir a humanidade ao fim.

– Dr. De Laurentis, você disse que no pergaminho encontrado na mochila de seu filho, havia três frases. O que elas diziam? – perguntei.

– A primeira delas era bem curta e dizia:

Os mil anos de paz chegarão tão logo o sol nascer em Ophíoco.

– Os Cátaros também possuíam um conhecimento extremamente apurado em Astrologia. Ophíoco, que corresponde ao décimo terceiro signo do zodíaco, é uma constelação que se localiza aos pés de São Miguel, exatamente entre sagitário e escorpião, ou seja, no centro de nossa galáxia – explicou Sybila. – Quando o nosso sol nascer lá, no dia 21 de dezembro de 2012, haverá um aumento significativo de sua radiação, o que provocará um enorme colapso em nosso planeta. – prossiga Doutor.

– A segunda frase dizia o seguinte:

Um dia todos os homens conhecerão o inferno, e será apenas o início de todo sofrimento que se abaterá sobre eles.

Por fim, a última frase trazia as seguintes palavras:

A maior virtude de um homem é reconhecer seus próprios erros e repará-los. Em milhões e milhões de anos, os homens não chegaram nem perto de tal virtude. Nada mais justo do que deixarem este lugar.

Eu permaneci em um silêncio absoluto e embasbacado. Minha mente viajava naquelas informações, como se eu tivesse voltado no tempo e vivido exatamente naquela época.

Sybila quebrou o silêncio e a minha sequencia de pensamentos minutos depois:

– Acredito que os Cátaros nos deixaram um alerta, um aviso, exatamente como Nostradamus, o apóstolo João, Merlin, os Índios Hopi, os Maias, o I-Ching, o Papa Pio XII, a irmã Lúcia ao divulgar os segredos de Fátima e tantos outros.

– Nossa! – exclamei boquiaberto e com a garganta mais seca que um andarilho do deserto. – Você também crê no fim do mundo? – perguntei ao Dr. De Laurentis.

– Diga o que você faz na Noruega, Doutor – Sybila interrompeu.

– Desde que meu filho retornou dessa excursão, a única coisa que faço é pesquisar sobre o apocalipse. Atualmente, eu trabalho em um projeto criado pelo governo norueguês e em funcionamento desde 2008, numa localização nada convencional. O *Silo de Sementes*, como é popularmente conhecido, foi construído a 1.120 quilometros do Polo Norte, no Arquipélago Ártico de Svalbard, mais precisamente no Monte Spitsein. Este local foi escolhido por que, mesmo que a Terra seja totalmente arrasada por um cataclismo mundial, acredita-se que ele possui condições de permanecer intacto a uma temperatura de -5°C. O objetivo deste projeto ou desta iniciativa é estocar 90% das sementes alimentíceas presentes em nosso planeta. Com certeza absoluta, quem o idealizou pensou necessariamente na reconstrução do planeta após o fatídico dia 21 de dezembro de 2012, data marcada e prevista para o apocalipse ocorrer.

– Quando eu vou conhecer o Jaconias? – perguntei.

– Eu posso trazê-lo aqui quando Sybila...

– Nada disso! – Sybila o interrompeu com a voz austera. – Padre Horácio, você irá vê-lo uma única vez e seu contato com ele será restrito a este dia. É melhor assim – emendou, enquanto eu e o Dr. De Laurentis engolíamos o silêncio.

– Está bem – aquiesci.

– Está na hora de partir, Dr. De Laurentis – ofertou Sybila.

– Padre Horácio, acompanhe o Doutor até a saída da caverna – ela me pediu com a voz adocicada e eu a obedeci com prazer e humildade. O Dr. Ezequiel De Laurentis foi embora às pressas e eu permaneci a noite toda na companhia de dois amigos muito íntimos, o medo e o ruído da chuva. Algo me dizia que a madrugada não seria nada tranquila.

Capítulo 21

COMA

– Ele está acordando! Vá chamar a enfermeira – ouvi Sybila sussurrar.

Meus olhos tentaram se abrir, mas a luz forte da lâmpada que pendia solitária no teto atacou-me a vista, como uma porção de espinhos. Minhas pálpebras trepidavam e eu não reunia forças para estabilizá-las. Senti o corpo formigar e meus ossos pesados rangeram quando eu tentei erguer o braço. Aos poucos consegui manter meus olhos entreabertos e um borrado de cores e formas se apresentou à frente.

– O coração dele está disparado – uma voz masculina balbuciou.

– Tenha calma, Padre Horácio! Vai ficar tudo bem – disse-me uma terceira voz.

Senti uma picada aguda e fina em meu braço e, no mesmo instante, um sono pesado me atropelou, feito uma batida de caminhão. Só me recordo de tentar mover o braço mais uma vez, sem sucesso. Não sei dizer ao certo por quanto tempo permaneci desacordado. A sensação era doce e tranquila.

Acordei de forma natural. Meus olhos se abriram, desta vez, sem ardidos e trepidações. Estava escuro. A única luz que penetrava no quarto vinha da janela, disposta ao meu lado direito, que dominava a parede desde o teto até o chão. Sybila dormia sobre um sofá alaranjado, recostado numa cortina branca, quase translúcida, que tentava vencer a luz. Um vazio no estômago me golpeou a punhaladas e, de imediato, eu clamei por comida, mas as palavras não saíram de minha garganta. Eu tossi e Sybila despertou num súbito.

– Horácio?

– Sim – murmurei, com enorme dificuldade.

– Sentimos muito a sua falta.

– Onde estou? – perguntei, confuso.

– Hospital Alyn, em Jerusalém – ela respondeu, sem pestanejar.

– O que aconteceu? – perguntei. Minha voz ainda saía arranhando a garganta, que latejava sem dar tréguas.

– Você está em coma desde que Padma Yontem o resgatou desacordado no deserto de Negev. Faz seis anos – Sybila sussurrou e se colocou em pé ao lado da minha cama, logo depois de acender a luz.

Neste instante, além da claridade, que agora me fazia descobrir onde estava, meus fragmentados devaneios tentavam a todo custo se encaixar. Inúmeras perguntas e uma centena de dúvidas invadiam minha mente num filete de segundos. Ouvi uma batida na porta, acomodada à esquerda do meu leito, onde eu permanecia deitado, seguida por um tilintar estridente da maçaneta. Dom Benedetto se revelou quando a porta se abriu. Ele se apresentava sorridente e barulhento, como de costume. Eu apertei os olhos para enxergá-lo melhor, notei que metade de seu rosto se encontrava queimado e desfigurado e só um de seus olhos permanecia aberto. “Estranho”, pensei calado por uma fração de minutos.

– Fui eu quem o salvei das chamas. Como posso ter ficado aqui por tanto tempo? – perguntei, num murmúrio entrecortado.

– A enfermeira está trazendo comida. Você deve estar faminto – Dom Benedetto arriscou.

Eu assenti com a mente ainda ocupada pela confusão.

Varri o cômodo com os olhos no instante em que a enfermeira rompeu o quarto empurrando um carrinho. Havia um armário pequeno ao lado da porta do banheiro. Uma mesinha se revelava presa à parede, ao lado direito da minha cama, decorada por um rádio relógio antigo e um telefone. A enfermeira vestia branco da cabeça aos pés e um cap de renda da mesma cor escondia seus cabelos, presos num coque feito com gel. Seu rosto se mostrava moreno debaixo de uma maquilagem graciosa e que a deixava ainda mais encantadora. Era alta, magra, tinha seios fartos, que quase transbordavam de sua blusa mal abotoada, e um sorriso leve e descontraído. Uma bandeja foi colocada sobre minha cama, logo após ter sido erguida para a posição sentada. Frutas, pães, geleias e leite. Salivei e ataquei a comida com os olhos ferozes enquanto a enfermeira terminava os ritos; desembrulhando os potes de geleia e retirando os saquinhos que lacravam os guardanapos de papel e os talheres de plástico.

Por fim, serviu-me um copo de leite e o estendeu na minha direção. Eu o segurei com dificuldade, mas o levei instantaneamente à boca, assim como fiz com a banana e o pêssego, ambos matematicamente cortados em pequenos pedaços. Enquanto eu comia as frutas, Sybila e Dom Benedetto preparavam alguns pedaços de pão, dispostos num prato em fatias finas, passando geleia de damasco.

Não saciei totalmente a fome, mas comi o suficiente para me livrar do incômodo jejum que, segundo Sybila, tomou posse de meu corpo durante seis anos de minha vida.

– O Doutor já vem – a enfermeira disse ao recolher a bandeja vazia.

– Está bem – assenti, manuseando a cama para a posição deitada novamente.

Sybila e Dom Benedetto saíram para tomar café e me disseram que retornariam num instante. Aproveitei para olhar na direção do rádio relógio antes de me colocar num cochilo. Os ponteiros indicavam 8h25 da manhã. O dia estava claro e o sol já invadia o quarto sem nenhum constrangimento. Mais uma batida na porta e avistei uma sombra negra romper o cômodo com enorme velocidade.

– Bom dia, traidor! Meu nome é Belial. Eu sou o médico que irá salvar a sua vida – disse um homem de rosto tapado por uma máscara inteiramente branca, num volume ensurdecedor. Seus olhos eram vermelhos e ele se vestia estranhamente de batina preta.

Eu cerrei meus olhos engolindo as lágrimas, que já se apresentavam aos Montes, lado a lado com o medo, que crucificou meu coração de imediato. "É ele", pensei, no exato momento em que a máscara de seu rosto foi retirada pela pata de três dedos. O meu rosto apareceu naquele corpo demoníaco e horripilante, que se aproximava de mim sem perdão. Num lapso de segundo eu olhei para todos os lados na tentativa de encontrar algo para atacá-lo ou apenas para me proteger dele. Meu pescoço doeu na tentativa de me mover com rapidez. Dei de ombros e apanhei rapidamente o rádio relógio, disposto sobre a mesinha que estava à direita, e o lancei sobre sua cabeça. Ele se desviou e sorriu com ironia e raiva. O barulho do rádio relógio espatifando na parede e caindo no chão o deixou ainda mais furioso.

Seus dedos agarraram meu pescoço. Senti suas unhas encravarem na minha pele e, em seguida, um líquido quente transbordar de minhas células e escorrer até cair sobre o travesseiro e umedecer meus cabelos. O meu sangue fedia a enxofre. Um aperto me levou o ar embora e respirar foi se tornando cada vez mais raro. O dia claro se acinzentou e escureceu numa densa penumbra em uma questão de segundos. Minhas pernas e braços se debateram em desespero e eu tentei gritar por socorro. Lembro-me do último suspiro ter saído com a palavra Jesus engasgada na garganta. Caí novamente num sono profundo, mas agora ele não era tranquilo ou, tampouco, doce. Uma escuridão me atingiu de maneira mórbida e assustadora.

– Horácio! – ouvi um grito.

Acordei num susto e me levantei de um só golpe.

– Onde estou? – perguntei, enquanto minhas mãos tocavam meu pescoço ardido e apinhado. Eu tossi e arfei o ar com enorme dificuldade.

– Está no Monte Sinai. Você dormiu aqui esta noite, não se lembra? Sybila respondeu, se projetando em minha direção.

– Acho que tive um pesadelo – balbuciei, com os olhos mirando o nada.

– Recomponha-se e venha comer alguma coisa – Sybila me ofertou num tom de voz austero.

Eu confirmei com um aceno de cabeça e me coloquei em pé. Meus ossos doíam e eu tremia de frio, muito embora, minha pele suasse de maneira quase febril.

– Sybila, eu te amo!

– Por que está me dizendo isso? – ela me perguntou, de imediato, logo após inclinar seus olhos arredondados e brilhantes na direção dos meus. Eu me esquivei, contudo, mesmo sem um pingo de coragem, lhe respondi com a voz trepidante:

– Por que acredito que amar alguém não é o suficiente. Esse alguém precisa saber disso.

– Horácio, eu também amo você – disse-me, com a voz adocicada.

Um sorriso delicado se desenhou em seus lábios e uma lágrima se arrastou por todo o meu rosto.

– Ana está para chegar – Sybila emendou. – A propósito, seu pescoço está todo arranhado e ensanguentado – acrescentou.

Capítulo 22

Roma, Itália
31 de dezembro de 2009
Quinta-feira

ELA FOI EMBORA

Cheguei exausto à capital da Itália por volta das 20 horas. O calor assobiava firme por sobre minha cabeça, mesmo no inverno, e a garoa fina, inclinada e constante, deixava o ar mais fresco, porém, a paisagem se via cinza e fúnebre. Algo se estabelecia de maneira diferente. Não pude precisar o que era, mas pressentia problemas. Saltei de susto ao me deparar com Frei Toninho à porta da minha igreja carregando dois pães de queijo e dois copos plásticos de café, quentes e esfumaçantes.

– Frei Toninho?

– Boa noite – ele disse. – Vamos entrar? – me convidou.

O medo me cumprimentou num tom debochado assim que escutei suas palavras. Seguimos caminhando lado a lado até que a porta de meu aposento se apresentasse.

– Entre e fique à vontade – murmurei, educadamente. A esta altura, meu coração se mostrava acelerado, como um cavalo de corrida.

Sentei sobre a cama, matematicamente arrumada, e aguardei as notícias.

"Que elas não sejam tão ruins quanto minha mente fértil e sombria já está imaginando", pensei. E eram.

– Ela foi embora! – exclamou Frei Toninho. Ele permaneceu em pé, parado, com as costas apoiadas no batente da porta aberta.

– Ela quem? – perguntei, num sobressalto.

– Não sei te dizer quem. Este é o recado que Dom Benedetto pediu-me para te confessar.

– Estranho! Quem pode ser? – indaguei, para mim mesmo em voz alta, enquanto meus olhos se perdiam através da janela.

– Pois é, muito estranho! Ontem de madrugada, Dom Benedetto caminhava a passos pesados e apertados de um lado para outro de nosso cômodo. A princípio, achei que ele estava orando ou lendo algum trecho da Bíblia, mas ele falava tão alto. Cheguei mais perto e notei que ele conversava com Sybila.

– Ela está em Roma? – interrompi. – Lembro-me de ter dormido em sua caverna no Monte Sinai na noite passada. Não há meios de ela ter vindo pra cá – completei, confuso.

– Não, nada disso. Sybila esteve aqui há poucos dias, durante a semana do Natal, acompanhada de Michael, mas eles já se foram. Dom Benedetto conversava com ela à distância. No início, ele dava altas gargalhadas. Após alguns minutos, Dom Benedetto a respondia de maneira monossilábica e seu semblante se fechou cinzento, tal como as nuvens de hoje – Frei Toninho revelou, com o cenho assustado.

– Você ouviu alguma coisa que possa ajudar a gente a desvendar de quem ele estava falando? – perguntei.

– *Desde menina ela se mostrava confusa e triste* – Frei Toninho repetiu as palavras que ouvira durante a conversa. – Foi o que consegui captar – ele emendou.

– Gabrielle! – gritei, e levantei num súbito. – Venha comigo! – disse-lhe, em voz alta, já correndo pelo corredor.

– Quem é Gabrielle? – ele me perguntou, enquanto seus pés já se colocavam a me seguir.

– Uma grande amiga – respondi.

Atravessamos a cidade em meio ao caótico trânsito que se forma a poucas horas da noite de Ano-Novo. As pessoas costumam se reunir nas Praças, mas, sem sombra de dúvidas, o lugar mais concorrido é a magnifica Fontana de Trevi. Um amontoado de gente se aglomera para assistir aos fogos de artifício e lançar seus pedidos em forma de moedas no lago da fonte.

Desejei com todo ardor que Gabrielle ainda estivesse vivendo na casa de Dona Francesca, emprestada desde que a tia se mudara com Aline para Milão. Um pequeno sobrado que se revela entre os edifícios que cercam a Praça do Panteón, onde eu costumava amá-la de maneira silenciosa décadas atrás. Fora ali também, que os primeiros indícios de uma vida morna, tímida, discreta e sem emoção começavam a ser tecidos.

Avistamos o Panteón cerca de trinta minutos depois, tempo recorde para esta noite em particular. Talvez a garoa que insistia em cair sobre Roma nos tivesse feito ganhar esse precioso tempo.

Desci do carro de Frei Toninho às pressas, respirei profundamente e corri na direção da casa, que parecia mergulhada na solidão, diferentemente do cenário à nossa volta, repleto de pessoas vestidas de amarelo e branco. O portão enferrujado e a campainha quebrada e com os fios elétricos à mostra completavam o paradoxo.

O portão cedeu com um pequeno empurrão. Uma criança de cinco anos o faria sem maiores problemas. A janela da frente escancarada, de onde se avistava uma cortina amarela a dançar com o vento, me serviu de entrada. Com certeza absoluta, uma criança teria tido mais facilidade do que eu na tarefa de saltar para dentro da casa. Mesmo diante da lentidão, que já fazia parte de todos os meus movimentos, apoiei as duas mãos no batente de sustentação de madeira, ergui meu pé direito apoiando-o sobre um pequeno vaso de tulipas murchas e o lancei até se encontrar com minhas mãos. Depois foi só jogar o peso do corpo na direção do interior da casa e pronto! Eu já estava lá dentro.

Por incrível que possa parecer, a sensação que tive foi de ter entrado numa trincheira de guerra. As paredes se apresentavam descascadas e úmidas, os cômodos jogados à solidão pela ausência de mobília e limpeza, onde ainda se via jornais velhos e fezes de rato. Uma lâmpada pendia do teto por um fio desemcapado e, por sorte, iluminava a escada que conduzia aos quartos.

Frei Toninho seguia logo atrás de mim num silêncio assustador, tal como seus olhos se revelavam. As imagens diziam tudo. Se um dia elas pudessem ser traduzidas em palavras, não seriam nada doces, tampouco ternas. O piso superior rangia a cada passo, mas se apresentava em melhores condições. Havia um carpete vermelho, aparentemente sem vestígios de ácaros, que se estendia por todo o andar. As luzes dos quartos estavam acesas e o banheiro, que um dia me mostrou Gabrielle nua, permanecia com a luz apagada e a porta fechada, a única do ambiente. Desejei ardentemente que Gabrielle não estivesse ali, que nada fosse além de um falso alarme. Segui caminhando a passos lentos e percorri cada um dos ambientes. O primeiro quarto era cor-de-rosa e de aspecto bem infantil. Nele, havia apenas um colchão de solteiro jogado ao chão a esmo. Entrei em outro cômodo e deslizei meus olhos por toda a sua extensão. Uma cama de casal, impecavelmente bem-arrumada, se apresentou à minha frente. Sobre o travesseiro cor de mostarda encontrava-se um livro aberto, onde se lia no título do capítulo seis a palavra *Suicídio.* Gelei. Uma punhalada atingiu minha tranquilidade, que já não era muita, e eu corri, por instinto, até a porta do banheiro, que se mostrava trancada.

– Gabrielle! Abra esta porta! – ordenei, aos berros, e desferindo uma sequencia de murros na maçaneta.

Uma gota de cada vez gorgolejando de maneira uniforme foi o som que obtive como resposta.

Eu não me contive. Arrombei a porta e vi Gabrielle nua pela segunda vez nesta vida. Mas agora seus punhos se mostravam cerrados e ensanguentados, assim como o piso de todo o banheiro, e seus olhos miravam o teto. Ela estava morta e, algo em mim, de certa forma, também havia sido arrancado.

Durante a missa, que fiz questão de realizar e que ocorreu no inicio do ano seguinte, minhas palavras saíram de meu coração como se fossem punhais. Ainda me sentia atônito e a minha mente insistia em me mostrar versões diferentes daquela que se apresentava como realidade.

Não tenho dúvidas de que aquela missa foi a mais dolorosa de toda a minha vida monástica.

Nos meses que se seguiram preferi a solidão e passei a maior parte do tempo dentro de minha igreja ou perambulando sem destino pelas ruelas geladas da cidade. Nas poucas vezes que encontrei com Dom Benedetto, tivemos conversas esparsas, mas bem produtivas. Lembro-me de uma delas em que citei Pablo Picasso, muito mais para acalentar meu coração do que para contribuir com o diálogo que se fez durante aquela manhã. Pablo Diego José Francisco de Paula Juan Nepomuceno María de los Remedios Cipriano de la Santísima Trinidad Ruiz y Picasso, filho de María Picasso y López e José Ruiz Blasco, nasceu em Málaga, Espanha, em 25 de outubro de 1881, e acabou por se tornar um dos mais reconhecidos e respeitosos artistas do século XX. Além da pintura, escultura, poesia e do desenho, Pablo Picasso, que faleceu em 8 de abril de 1972, foi um dos fundadores do cubismo, movimento artístico que tratava as formas da natureza por meio de figuras geométricas.

– Você deve estar muito triste com a morte dela, não é? – Dom Benedetto indagou, naquela oportunidade. Era uma manhã chuvosa, mas a cidade estava com aroma de flores.

– Para dizer a verdade, não estou – respondi cabisbaixo.

– Não? – Dom Benedetto me perguntou, em tom confuso.

A resposta veio de imediato, diretamente do interior do meu coração. Lembro-me de ter gravado aquelas palavras, ditas por um dos artistas que mais me encantou em todo o mundo. Elas traduziam exatamente como eu me sentia em relação à morte de Gabrielle.

– *Morrer está longe de ser um problema. O problema é o que morre dentro de nós enquanto estamos vivos* – respondi, enquanto pensava no que o fenomenal artista Pablo Picasso deveria estar sentindo para nos revelar tal pensamento. "Só ele deve saber", pensei e, num instante posterior, me calei mergulhado na dor da saudade.

Nesta mesma noite, e nas noites que vieram, todas iguais, me recordo de ter buscado conforto num devaneio que tamborilava em minha mente, como um sino ou um despertador. Ele não me trazia o sono. Pelo contrário, eu varava madrugadas sem pregar os olhos, mas, ao menos, este pensamento acalentava a minha alma do frio.

"Para a eternidade a vida é como um sopro apenas. Nós vivemos imaginando que estaremos aqui por um longo tempo, ou até para sempre, mas a vida dura menos que uma chuva, menos que um chuvisco que arranha os vitrais do quadrilátero que você imagina ser a sua casa."

2011

Capítulo 23

Roma, Itália
19 de junho de 2011
Domingo

ADVERTÊNCIA

Acordei aos solavancos naquela fria manhã de domingo. Eram 7h42, horário que eu frequentemente já estava desperto e orando, mas um cansaço adulto e maduro havia me descoberto desde que este ano se iniciara e se projetara acima de minha fé. Talvez a enorme distância da juventude tenha realmente atingido meus ossos e músculos com severidade. Novamente o toque do telefone, alto e estridente, me advertiu de que o dia já começara havia umas boas horas. Corri para atendê-lo. Lembrei-me de Gabrielle e desejei, mesmo que por segundos, que sua morte fosse apenas uma alucinação da minha mente confusa e doente e que sua voz estivesse do outro lado do aparelho, exatamente como ocorreu cerca de cinco anos atrás, e acalentasse minha alma, salpicada por inúmeros medos, destemperos e remorsos.

– Alô? – atendi ao telefone. Não obtive resposta. Do outro lado só se ouvia uma respiração ofegante e entrecortada. Insisti mais algumas vezes e nada. Um ardor despertou em meu estômago e ele veio na direção da minha boca, mais seca que o deserto de Negev.

– Onze horas no confessionário. Esteja lá – uma voz rouca e carregada arranhou meus ouvidos e arrancou o que restava da minha paz à dentadas.

– Eu estarei – gaguejei de volta, enquanto ouvia o tilintar do telefone desligado se anunciar do outro lado.

As horas se arrastaram num marasmo infinito e perturbador e com uma sensação de medo, que se misturava à ansiedade e ao desespero. "Nada inédito", pensei.

Não consegui colocar nada na boca além de uma xícara de café, doce e fumegante, preparado por Padre Mariano no início de todas as manhãs. Enquanto eu caminhava a esmo pelas dependências da igreja, tentando acelerar as horas, o perfume de sua comida no fogo, vindo da cozinha, já me enjoava. Padre Mariano, nomeado por mim o novo pároco da igreja, fez seu bispado no Vaticano e de lá não saiu, até o início de 2003. Isto ocorreu há mais de cinquenta anos e ele mesmo conta que só ficou todo esse tempo por que sua comida encantava a todos. Mas, essa habilidade esconde uma infância triste e sofrida. Seus pais morreram quando ele ainda não havia completado nove anos de idade. Até lá, éramos como irmãos, vivíamos sempre juntos. Sem parentes próximos, passou o restante da infância e a maior parte da juventude num orfanato na região de Nápoles chamado Lar da Divina Esperança, extinto há mais de trinta anos, e que era mantido por uma escola militar. Isto se evidenciava no trato com as crianças, que carregavam em seus corpos feridas, queimaduras e hematomas. Mariano foi retirado de lá dois meses antes do orfanato ser fechado e seus responsáveis presos, acusados de maus-tratos e lavagem de dinheiro. Irmã Vitória, prima de Irmã Lúcia, a quem Maria apareceu em Fátima, Portugal, no ano de 1917, para revelar-lhe três segredos, foi quem o levou a uma igreja simplória na região de Trastevere, conhecida até hoje como Basílica de Santa Maria. Ele passou a ser tratado com enorme carinho e foi com Irmã Vitória que ele aprendeu os segredos da cozinha. Aos 25 anos, o jovem Mariano foi indicado por ela, pouco antes de falecer, para estudar no Vaticano.

Um trovão que anunciava uma tempestade me resgatou de meus devaneios e me trouxe à realidade. Olhei na direção do relógio e os ponteiros já apontavam onze horas. Meu coração saltitou e eu fui levado ao confessionário apenas pelo instinto. Minha mente não conseguia pensar em nada, o que até me trouxe um ligeiro conforto, visto que, em situações parecidas, meu cérebro já havia fabricado inúmeras maneiras de perder a vida. Senti a chegada do homem, que ardeu àquelas poucas palavras ao telefone, com o *balanceio* e o tremor da pequena cabine de madeira. Arfei com cuidado para que meu medo não ficasse tão evidente e, fingindo coragem, disse com leveza e educação:

– Bom dia, meu filho! Em que posso lhe ser útil?

– Em nada, seu verme sujo! Eu sei muito bem o que anda fazendo e medidas cabíveis e nada carinhosas serão tomadas se o senhor não desistir de suas estúpidas missões. Por enquanto, elas ainda estão na mira do aviso e da advertência, mas, caso persista, será em outra mira que será contemplado. O senhor escapou do fogo uma vez e isso não quer dizer que terá sorte para sempre. Contra bala só o azar existe. Passe bem, Padre. Que Deus te abençoe!

Esperei que o homem fosse embora e corri na direção de meus aposentos, onde um perfume de comida avançava a cada longo passo e já me atingia desde o corredor.

Um frio desagradável se instalou em meu estômago e, a partir daí, a comida quente, que me aguardava sobre o criado-mudo ao lado de minha cama, de nada me serviria. Empurrei o prato, baixei a cabeça com os olhos cerrados, uni minhas mãos em prece e orei. Era a única coisa que eu poderia fazer naquele momento.

Capítulo 24

Minutos depois

NO QUARTO AO LADO

Um silêncio mórbido se fez durante alguns minutos, coincidindo exatamente com o período em que me coloquei a rezar. Minha respiração, trepidante e entrecortada, trouxe o medo de volta aos meus poros e a minha consciência à realidade. A chuva castigava a cidade do lado de fora sem timidez e arranhava a janela do quarto com fome, que em mim desaparecera desde o início da manhã. Decidi conversar um pouco com Padre Mariano, que deveria estar em seu quarto preparando a missa da tarde. "Quem sabe ele não está disponível para me escutar e até me falar algumas palavras de conforto?", pensei, esperançoso.

Um vazio se fez presente assim que coloquei meus pés para fora de meu aposento e me dirigi a passos lentificados e cautelosos ao final do corredor, onde o quarto de Padre Mariano se apresentava estranhamente de porta fechada. "Ele nunca fecha a porta", pensei, num súbito. Minhas pernas fraquejaram tão logo minha mão tocou a maçaneta da porta e descobriu um líquido quente e vermelho sobre o alumínio prateado.

Abri a porta com os dedos trêmulos e sujos de sangue. O quarto se apresentou mergulhado num breu assustador. Demorei alguns segundos até observar a silhueta de meu amigo sentado à mesa de costas para mim e de frente para a janela, escondida atrás da cortina escura. Respirei de maneira profunda, quase num desabafo.

– Padre Mariano? – o chamei, num sussurro.

Não obtive resposta alguma. O ruído de uma gota tocando no chão fez meus pêlos do braço se arrepiarem de medo e meu intestino se contorcer. Corri para acender a luz e foi então que vi a cena mais horripilante de toda a minha vida.

Havia uma poça de sangue sob a mesa, onde também se avistava os pés descalços e sem movimento do Padre Mariano. Uma ponta de lança cor de ferrugem atravessava o encosto de madeira e colava o tórax de meu amigo à cadeira. Caminhei a passos apertados na tentativa de vê-lo de frente e, quando meus olhos se inclinaram em tal direção, um grito espontâneo se esvaiu de minha garganta, pouco antes das lágrimas se arrastarem por todo o meu rosto.

– Não!

Desejei que tudo aquilo fosse mais um pesadelo da minha fértil e transtornada mente, ou então, um novo truque da Besta, que vez ou outra se mostrava diante de mim, com a minha própria aparência.

Infelizmente não era nada disso! Padre Mariano estava morto.

Um líquido quente invadiu minha boca e me fez vomitar por sobre a minha própria batina. Eu não acreditava no que meus olhos viam. As mãos do Padre se encontravam abertas sobre a mesa e pregadas à densa madeira por uma enorme adaga dourada, enterrada em cada uma delas. Seu rosto se apresentava sem os olhos, de onde escorria dois filetes de sangue a desaparecer dentro de sua própria boca, que mordia sem força um pano cinza engruvinhado. O antigo Testamento aberto no Livro de Daniel (capítulo 3:19-23), onde o profeta menciona suas visões apocalípticas, se destacava ao centro e por sobre suas finas páginas descansavam os olhos arrancados do Padre Mariano. Ainda assim, fui capaz de ler algumas palavras proferidas pelo profeta: *Sete vezes mais quente, neste ponto, poderia significar sete pragas finais que o povo de Deus enfrentará no final dos tempos.*

Caí de joelhos em prantos e apaguei numa leve síncope. Acordei no carro de Frei Toninho, também mergulhado em lágrimas e sem pronunciar uma palavra sequer. Olhei para trás com o carro já em movimento e vi, pelo vidro traseiro, a minha igreja pela última vez.

Capítulo 25

Cairo, Egito
19 de agosto de 2011
Sexta-feira

O SERMÃO E A PRIMEIRA REDENÇÃO

Ouvi um chamado urgente de Sybila. "Estranho", pensei. Eu havia acabado de deixar sua caverna com destino ao Aeroporto Internacional do Cairo. O segundo mais movimentado aeroporto do continente africano, atrás apenas de Joanesburgo, está localizado a nordeste da capital egípcia, próximo ao bairro de Heliópolis. Os ponteiros do meu relógio marcavam 3 horas da madrugada. Durante toda aquela noite a lua não havia dado o ar de sua graça, tampouco as estrelas. Estava uma penumbra absoluta. Minha passagem para Roma estava marcada para as 14 horas daquela sexta-feira e o tempo estava correndo contra qualquer tipo de evento alternativo. Mesmo assim, lhe dei ouvidos.

– Bispo, vá até a esfinge e retire um dos pesos que você carrega sobre suas costas – a voz de Sybila se enterrou, de maneira firme e austera, no interior de minha mente.

– O quê? – perguntei, em voz alta, assustando o taxista que dirigia com enorme cautela. Estava ventando forte e a visibilidade era quase nenhuma.

Como não obtive resposta, resolvi obedecê-la.

– Senhor, meus planos mudaram um pouco. Eu preciso ir até a esfinge – balbuciei, com a voz receosa.

– Quando?

– Agora.

O taxista, Mohamed, era um sujeito simpático e de sorriso fácil. Seus olhos eram de um verde caribenho e um bigode enorme lhe tapava os lábios. Ele havia conhecido Ana, a essênia, durante uma pequena passagem por Israel. Naquela oportunidade, ele sofreu um acidente com seu carro e precisou de auxílio médico. Felizmente nada aconteceu com os turistas que estavam com ele. Ana o descobriu desacordado próximo a Gólgota e o levou para dentro da caverna onde Sophia aguarda a menina Cristo.

O simpático motorista me conduziu até Gizé, onde estão localizadas as mais famosas pirâmides do mundo e a esfinge de Sesheps, não menos conhecida. Durante o trajeto, pensei nas minhas últimas semanas. A maior parte do tempo estive com Sybila, em sua caverna no Monte Sinai. Foi um período tranquilo, bem diferente dos últimos ocorridos em Roma. Entre um pensamento e outro e uma conversa aqui e outra ali, pegamos a Alexandria Desert Road e seguimos até a Praça de Rimaya, famosa por suas seis extensas vias de acesso, tal como um coração e suas artérias. Uma das saídas conduz até os centros comerciais, enquanto que as outras se estendem até as moradias mais populares. Assim também acontece com as feiras, as escolas, as mesquitas e com os monumentos históricos. Seguimos pela via norte em uma ruela estreita que, se não fosse de areia, lembraria as vias de Roma com enorme facilidade. Mais alguns metros adiante e já era fácil sentir o perfume do deserto, uma mistura de areia, sal e esterco. A esfinge se agigantou diante de nossos olhos assim que contornamos uma via de pedras e descemos uma rampa, íngrime e larga. Para muitos, a cabeça da esfinge representa o faraó

Quéfren ou possivelmente a de seu irmão Djedefré. Sua construção dataria da quarta dinastia (2723 a.C.-2563 a.C.).

Contudo, há algumas teorias que ligam a esfinge de Sesheps aos Anunnakis, moradores do Planeta Nibiru, que já pode ser visto a olho nu, e que, em breve, nos trará enormes dificuldades. Para mim, era apenas meu próximo destino e, segundo Sybila, minha primeira redenção. Despedi-me de Mohamed e desci do carro em meio a uma multidão de turistas. Eu iniciei meu caminho pelo interior da esfinge, logo abaixo de suas patas, num amplo salão que se apresenta recheado de pilares uniformes, responsáveis por dar vida e sustentação ao lindo monumento. O calor estava de derreter. Por sorte, eu vestia uma bata branca. Meus pés se moviam, a passos apertados, por entre um aglomerado de pessoas, entre elas, guias, moradores locais, turistas e vendedores ambulantes. Ouvi um ruído agudo e intermitente, parecia o som de um jovem falando. Mesmo que não quisesse, meus pés foram arrastados pela multidão curiosa, e eu acabei seguindo espremido na direção daquela voz adocicada e misteriosa, que continuava dando o tom daquela manhã. "Quem será que está falando?" Perguntei, para mim mesmo, numa flechada da mente.

Quando contornei o primeiro pilar e me dirigi até a segunda sala, mais escura e quase sem oxigênio, me deparei com um menino magro, de estatura baixa, cabelos compridos e caídos na altura dos ombros, a falar por sobre uma imensa pedra de areia e calcário que, naquela oportunidade, fazia às vezes de palco.

– Estamos vivendo um momento de intensa provação. Em breve deixaremos este planeta e tudo leva a crer que será no dia 21 de dezembro de 2012 – disse o jovem.

Uma enorme vaia se fez em coro na multidão furiosa. Alguns mais ousados se armaram com pedras. Deslizei meus olhos pelo salão e avistei ao meu lado direito um homem de sobretudo negro e óculos escuros a caminhar ao encontro do palestrante. Abri espaço na plateia e segui, a passos apertados, serpenteando as pessoas na direção do jovem. Lembrei-me de Sybila tempos atrás dizendo: *Você o verá apenas uma vez e seu contato com ele será restrito a este dia. É melhor assim.* Estas foram as palavras que ecoaram novamente em minha mente ao mesmo tempo em que ergui a cabeça e avistei o jovem bem de perto. Seu rosto era pálido e se mostrava suado e seus olhos pareciam assustados. Um deles era cinza, como o de um cachorro siberiano.

– Jaconias! – eu gritei, enquanto meus últimos passos me levaram à sua frente. Ele me ofereceu a mão e eu consegui num único gesto escalar a rocha e me posicionar ao seu lado.

– Quem é você? – o jovem me perguntou.

– Um amigo de seu pai. Fuja, agora! – ordenei, com a voz austera. Ele desceu da enorme pedra e correu rapidamente na direção da saída. Eu arfei com alívio e meus lábios se curvaram num sorriso tímido, mas satisfeito. Ao fitar meu lado esquerdo, um arrepio me deu boas-vindas novamente. Outro menino, de aparência bem familiar, se aproximava de mim a passos vagarosos e cenho preocupado.

"Michael Alaor", pensei, de maneira rápida. "Preciso salvá-lo!"

Um novo devaneio salpicou de minha mente fervente.

As palavras começaram a sair de minha boca sem nenhum obstáculo. Basicamente, continuei o discurso que o jovem Jaconias, quem eu nunca mais veria, havia iniciado. Falei sobre o apocalipse, suas causas e consequencias. Na verdade, minha maior intenção era chamar a atenção de Robert Kennedy, que se aproximava de mim caminhando lentamente em meio à multidão. Não me interessava instruir a plateia que me ouvia, tampouco testar meus conhecimentos sobre o fim dos dias. Eu só queria que o apóstolo, Michael Alaor, tivesse tempo para escapar daquele lugar com saúde.

– Assim como ocorreu com os dinossauros, já enfraquecidos com as mudanças climáticas que atingiram a sua época, trazendo doenças, pandemias e inúmeras catástrofes naturais, como terremotos, queimadas e *tsunamis*, pouco antes de um corpo celeste se colidir com a Terra e determinar a extinção dos mesmos, observo as mesmas ocorrências quando analiso o desenho de nossas vidas nos dias de hoje. A cada hora, pessoas caem de fome, de fraqueza e de doenças. O aquecimento global, que também ocorreu na época do desaparecimento dos dinossauros, causado basicamente pela diminuição do campo magnético da Terra, aumenta a atividade dos raios solares sobre o nosso planeta, o que torna os recursos naturais mais escassos, causando guerras e conflitos, que também matam sem piedade, e as catástrofes naturais, que vemos a cada noticiário. Estamos vivendo uma época de muito sofrimento e ele vai aumentar ainda mais – aquela foi a última palavra que saiu de minha garganta sem que o gosto de sangue, quente e pastoso, invadisse minha boca. Um rochedo pontiagudo e duro, lançado da multidão, atingiu minha cabeça, pouco acima dos olhos, com enorme ferocidade. Aquele líquido vermelho que sempre me trouxe angústia e medo, agora, escorria de minha testa com a velocidade de uma cascata de água. Eu tentei erguer a cabeça para ver o menino, mas minhas pernas bambas cederam e meu corpo caiu de joelhos. Neste mesmo instante, o apóstolo se colocou ao meu lado e mesmo com os olhos assustados se voltou para a plateia furiosa e reiniciou o sermão apocalíptico.

– Você está bem? Vá embora, rápido! – ouvi um sussurro, baixo, vindo da boca do menino.

A minha vontade era dizer-lhe que sua mãe não havia morrido e que Sophia vivia em Jerusalém à espera da menina Cristo. Mas, infelizmente, antes de reunir forças para lhe responder, engoli tais palavras e um suor frio me golpeou nos ossos. Meus olhos escureceram e tudo foi se tornando uma imensa e densa penumbra, repleta de filetes de luz e vultos. Um enorme puxão em meus braços lançou-me ao chão e eu cedi, sem nenhuma resistência, aos pontapés que me levaram ao silêncio e à imobilidade.

Fui carregado para um carro negro por dois bruta Montes, Philip Tensor e Vincent Graner, vestidos de maneira semelhante a Robert Kennedy, que a esta altura já devia ter sequestrado Michael. Uma mulher, que imaginei ser Geórgia Domini, aguardava no carro e assim que fui jogado no porta-malas, ouvi o ronco do motor ganhando vida e seguindo na direção do que julguei se tornar o meu inferno.

Antes de apagar totalmente, ainda ouvi Sybila sussurrar mais uma vez em meus ouvidos.

– Eu nunca mentiria para meu neto. Sophia morreu assim que foi colocada sob as maçãs e foi ressucitada dias depois por Silas, conhecido como “o curador”, e que agora também se tornara amigo seu. Assim estava escrito e foi exatamente assim que aconteceu.

Com essas palavras zunindo baixo e longe em meus ouvidos, cerrei meus olhos e me deleitei por ter conseguido salvar o jovem Jaconias. Sabia que a morte já me pintava com todas as suas cores e truques, mas o fato de completar mais uma missão e de descobrir que Sophia havia realmente falecido durante sua viagem a Jerusalém, me tiraram dois pesos enormes de cima de minhas costas. Se eu sobrevivesse ao TAI, viveria de maneira mais leve e doce. Curioso pensar assim justamente quando o cheiro do inferno se aproxima. Todavia, sem medo desta vez!

Capítulo 26

Colina de Meggido, Israel
6 de junho de 1333

SEPARAÇÃO

Meus pés fraquejavam a cada novo passo. Zacharias e eu estávamos caminhando fazia algumas boas horas. Para piorar, o sol estava de fritar a pele. A colina de Meggido é formada por vinte e seis ruínas de antigas cidades e está localizada ao sul da Galileia, em Israel, numa posição estratégica, exatamente na passagem através do Tergo de Carmel, tornando-se, ao longo dos tempos, alvo de grandes batalhas. De acordo com a Bíblia cristã, este será o lugar onde as forças lideradas por Cristo e as forças lideradas por Satã se enfrentarão numa batalha final, logo após o fim dos dias.

Para nós, esta região representava a sobrevivência. Em outras palavras, o nosso esconderijo mais recente. Noite passada, logo após a lua cheia despontar sobre um céu límpido e estrelado, eu havia tido mais uma de minhas visões apocalípticas e, Zacharias, meu amigo e confidente, anotara tudo em seu inseparável chumaço de pergaminhos. Vivíamos tempos muito difíceis. A igreja católica estava à procura dos Cátaros, principalmente de seus líderes, e de suas anotações consideradas hereges. Pelo que se comentava, todos os Cátaros franceses e italianos já haviam sido mortos. Aqui em Israel, Zacharias e eu éramos os únicos sobreviventes. Quando apanhados, os Cátaros podiam escolher entre se converter ao catolicismo, o que estava fora de cogitação para os membros de nossa seita, ou a forca, destino mais do que traçado. Eu temia pela nossa situação. Sempre tive medo da morte, da qual eu sentia até o cheiro. "Talvez fosse melhor uma separação", pensei, com um semblante carregado de tristeza. Seria muito doloroso, já que nos conhecíamos há quase 30 anos, mas teríamos mais chances de fugir ou de barganhar por nossas vidas se estivéssemos sozinhos.

Durante o jantar, naquela noite de vento arisco e céu nublado, decidi informar-lhe a minha decisão.

– Zacharias, acredito que você está preparado para viver longe de mim.

– Por que diz isso, meu mestre? Eu não quero me separar de você.

– Será preciso. Se ficarmos juntos, seremos capturados facilmente e mortos em breve – retruquei, com a voz austera.

– Meu mestre Isaías, eu não suportaria viver longe de sua companhia. Para mim, isso é pior do que a própria morte – Zacharias sussurrou, com a voz trêmula e entrecortada.

Seus olhos sinalizaram lacrimejar e, segundos depois, transbordaram em filetes líquidos com sabor de dor e saudade.

– Eu partirei ao amanhecer – disse, sem pestanejar.

A madrugada veio acompanhada de um forte ataque no peito, como sinal de arrependimento. Não consegui pregar os olhos, que choravam sem pausa. O medo da morte me levou a fugir assim que o sol deu sinal de vida. Ser capturado pelos católicos era uma simples questão de tempo e tudo o que eu desejava quando isto viesse a acontecer era estar sozinho para não me envergonhar da escolha que faria. A minha opção passava bem longe de ir para a forca. Eu me converteria ao catolicismo, mesmo sendo contra os seus ideais, para não ser assassinado. No fundo, minha alma sabia que Zacharias nunca aprovaria tamanha covardia, tampouco faria a mesma escolha. "A traição talvez seja o pior dos pecados e eu o fiz contra meu melhor amigo". Este devaneio me crucificou durante as dezenas de quilômetros que andei sem Zacharias. Num súbito, talvez num momento de lucidez, eu me peguei orando a Deus na tentativa desesperada de voltar no tempo e pedir perdão, retomando a nossa amizade, mesmo que ela nos levasse à forca. Mas, já era tarde demais para isso. Tarde e doloroso demais. O que eu não podia imaginar é que, quando capturado, algumas horas depois, mesmo tendo me convertido ao catolicismo, seria decapitado logo após ter assistido de camarote a Zacharias na forca. A minha maior sentença e punição foi ter visto seus olhos me fitando de maneira desolada enquanto a corda retesava em seu pescoço. O remorso é como uma tatuagem. Ele não sai de você. Seus olhos podem evitá-lo, mas ele está ali, na espreita, pronto para te machucar novamente. Talvez não para sempre, mas certamente por vidas e mais vidas inteiras.

– Não! – gritei, acordando num sobressalto.

Havia um homem à minha frente. Ele tinha a pele branca, quase translúcida, usava cabelos compridos e um de seus olhos era acinzentado, bem diferente do outro, pintado com a cor de mel.

– Como vai, meu mestre? – ele disse.

– Jaconias? – perguntei, assustado.

Ele apenas assentiu com um gesto de cabeça e um leve sorriso se revelou em seus lábios alaranjados.

– Pode me chamar de Zacharias, se assim preferir.

– Perdoe-me, meu amigo! Eu não sabia o que estava fazendo – implorei, num soluço.

– Isaías, meu mestre, vim aqui para lhe agradecer e não lhe trazer perdão. Você salvou a minha vida. Obrigado e fique com Deus – após me agradecer, ele desapareceu, como num passe de mágica.

Eu não fui capaz de proferir palavra alguma. Arfei com emoção e tranquilidade enquanto mais uma lágrima se descolava de meus olhos avermelhados.

"Isaías", repeti, meu antigo nome, em pensamento.

Sybila tinha razão, mais uma vez. Em meu sonho e durante esta miraculosa aparição, eu fui capaz de compreender. Um dos monstros que carreguei nas costas por quase setecentos anos enfim se foi.

Capítulo 27

Cairo, Egito
22 de agosto de 2011
Segunda-feira

PRESO

Acordei de um sono profundo, como se dormisse por exatos dois mil anos. Na realidade, era dessa maneira que meus ossos se sentiam, exaustos e pesados. Meu corpo doía por inteiro, respirar era como espetar um badame em meus pulmões e minha saliva tinha gosto de sangue. Lembro-me de ter viajado por horas sem fim trancafiado dentro daquele porta-malas, sem ao menos ver a luz do dia. Não tive sequer direito a um copo de água, muito menos a algo para tapiar a fome, que já me arrancava as vísceras. Tentei me colocar em pé, mas as mãos trêmulas não tiveram forças para impulsionar meu corpo para cima. Resolvi permanecer deitado até meus olhos desvendarem aquele ambiente estranho. Estava longe de ser uma caverna, cujas formas e cheiros eu já havia me habituado. Corri o local com os olhos e percebi ter acordado numa sala minúscula que cheirava a mofo e urina. As paredes eram pintadas com uma mistura de concreto cinza, tal como o céu de Roma em dias tempestuosos, e um esverdeado, que estava bem distante de ser oriundo de uma lata de tintas. A umidade e os constantes vazamentos eram os responsáveis pela tal obra de arte. Havia uma pia ao fundo e um buraco no chão à sua esquerda, que trazia o mau odor e me lembrava onde eu deveria depositar as minhas necessidades. No alto, uma lâmpada apagada descia do teto por um fio descascado e pronto para estalar num simples tilintar do vento, como numa reação alérgica. À minha direita, um enorme portão de aço formado por grades espaçadas apoiava o teto imundo e se estendia até o chão, úmido e rachado. "Eu estou preso", pensei, acertadamente. Meu corpo estava caído sobre um colchão de espumas duro feito rocha e cheirando a graxa. De certa forma, este perfume me trazia um pouco de conforto naquele hostil e inóspito ambiente. Resolvi cerrar os olhos e respirar de maneira ligeiramente mais profunda.

Lembrei-me de quando era pequeno. Durante as minhas férias de final de ano, meu avô João me levava, todo início de manhã, até o seu depósito para realizar a manutenção de seus instrumentos de jardinagem. Normalmente ele apertava parafusos, trocava peças em mau estado e eu as engraxava. "Que saudade daquela época". Um devaneio me flechou com sabor de nostalgia e me trouxe um singelo sorriso nos lábios, inchados e machucados, até meus ouvidos testemunharem passos apertados vindos de um corredor escuro. Um soldado armado com um fuzil pendurado no ombro apareceu na penumbra. Ele vestia um coturno negro e perfeitamente lustrado, sobre uma calça verde-escura. Uma camisa e um boné da mesma cor encerravam o seu fardamento. Na altura do bolso esquerdo da camisa dava para se ler o nome *T. Yan*. Sua pele era pálida, lisa e brilhava tanto quanto suas botas ou o cano longo de seu fuzil. Em sua mão esquerda havia um saco plástico. Ao se aproximar das grades que sustentavam a cela, seu braço fez um movimento de alavanca e em seguida lançou o saco na minha direção, que se espatifou próximo aos meus pés, sujos e descalços.

– Comida – ele gritou alto, e depois sorriu num tom de deboche.

– Obrigado! Está servido? – perguntei, de soslaio, abrindo o saco.

Havia uma banana, uma porção de arroz e um pedaço de pão mais duro que a pedra atirada na minha cabeça durante o sermão no interior da esfinge.

– Você só pode estar de brincadeira. Minha comida é muito melhor que a sua – ele respondeu, de imediato.

– Pouco importa o sabor e a variedade dos alimentos. Uma refeição só é divina se temos com quem dividi-la – eu retruquei, com tranquilidade. – Além disso, nós dois estamos na mesma situação, não é mesmo? – provoquei o soldado.

– Na mesma?

– Sim.

– Como?

– Presos.

– Eu não estou preso! – ele exclamou, com a voz enfurecida.

– Não? Então me diga: você pode ver a sua família? – perguntei, encarando-o nos olhos pela primeira vez.

– Não posso, mas não estou atrás das grades como você. Estou cumprindo o meu dever – concluiu, satisfeito.

– Então você está preso assim como eu. A sua prisão é apenas um pouco maior. Ela deve ter uma guarita, um banheiro um pouco melhor do que este buraco e, para finalizar, este corredor que você tem de ficar de olho em troca de títulos e um salário que não deve compensar nem de longe a falta de sua família. Sabe como você irá envelhecer? Repleto de medalhas e méritos pendurados no peito de sua farda, mas você não terá visto seus filhos crescerem.

– Cale a sua boca, seu verme sujo – O Tenente Yan me ofendeu exaltado.

– Estou vendo a sua aliança. Sei que é casado e imagino o quanto a sua esposa sente a sua falta, e você a dela – sussurrei, com a voz adocicada.

Seus olhos se umedeceram e eu notei uma expressão de desarme em seu rosto.

– É claro que eu sinto a falta dela. Não há um só momento em que eu não pense em minha amada – ele balbuciou, engolindo o choro.

– Venha! Abra a cela e sente-se comigo. Eu não vou contar para seus superiores. Sou um Padre franciscano e já estou muito velho. Não há meios de eu lhe fazer algum mal – convidei o soldado com sinceridade e afeto.

Eu baixei a cabeça e fechei meus olhos para agradecer a comida. Um tilintar de chaves soou forte em dois estalos. As grades se abriram e o Tenente Yan sentou-se comigo.

Capítulo 28

Manhã seguinte

LIBERDADE E SEGUNDA VISITA

Meus olhos se abriram de maneira bem preguiçosa. A se julgar pela iluminação do corredor, o dia parecia ensolarado e o calor pronto para fritar este lado do planeta. A aparência da minha cela não me aterrorizava mais. Nem sei se chegou a fazê-lo. Acho que coleciono medos demais para me importar com paredes cinzentas, grades trancafiadas e perfumes de mijo. Além disso, a aparição de Jaconias, ou de Zacharias, se assim preferir, me fez experimentar um sabor novo e diferente em minhas costas. Um velho e antigo remorso, que fazia parte da minha extensa coleção, havia deixado minhas células, meus ossos e meu coração, com enorme gracejo. Na verdade, mesmo estando preso numa cela, tal como um assaltante, um sequestrador ou um assassino, eu me sentia feliz. Num movimento único, mas bem lentificado, coloquei-me sentado naquele colchão de espumas, malcheiroso e pegajoso, varri a cela com os olhos e avistei um pedaço de papel. "Estranho", pensei. Parecia um bilhete. "Mas, quem me mandaria um bilhete aqui, nesta espelunca?".

Mais um devaneio invadiu minha mente e se alastrou como chuva de verão. Sybila deve saber que estou aqui. Fora ela, só o fantasma de Zacharias. Meus lábios se abriram num sorriso irônico. "Minha vida se transformou numa intensa loucura", pensei, num lampejo. "Ainda bem", completei o pensamento.

Estendi meu braço na tentativa de apanhar o papel sem ter de me deslocar, mas não obtive sucesso. Levantei-me com enorme pesar e caminhei até o pedaço de papel, jogado ao chão a esmo, próximo às grades de proteção da cela. Meus ouvidos não conseguiram captar nenhum ruído. O silêncio vindo do corredor era assustador demais para um presídio. Arfei com dificuldade ao me abaixar e apanhei o bilhete entre os dedos. Abri aquele papel amarrotado, feito roupas em cesto, com muita cautela e me surpreendi com aquelas doces palavras:

Padre, o gosto da liberdade nos faz refletir a respeito de nossas escolhas. Estou indo ao encontro de minha esposa, Adilah Yan, e de minha filhinha, Bahiya Yan, de apenas cinco anos, e que não vejo há mais de seis meses. Estou partindo! Se fosse você faria o mesmo. Afinal, foi você quem me mostrou a importância disso, não foi? Meu amigo, me permita chamá-lo assim, as grades de sua cela estão abertas. Vá embora rápido, antes que Robert Kennedy lhe faça uma visita.

Um grande abraço,

Tenente Yan

Eu não desperdicei a sorte, que naquela manhã mirava na minha direção com ternura e compaixão. Saí da cela a passos acelerados e olhar atento. Não havia ninguém por perto. Caminhei por um corredor bem iluminado e que estranhamente cheirava a jasmim. Como havia imaginado, o sol clareava as paredes pintadas na cor creme, que se estendia até uma cabine, ao lado de uma porta de aço enferrujada. Puxei o trinco, que gritou falta de manutenção, com enorme cuidado e deixei o presídio num instante depois. Havia uma placa logo na entrada onde se lia *Presídio de Ein Odvat.* Eu sorri como retribuição a minha sorte. Aquelas areias não me eram estranhas. Eu havia caminhado por aqui anos atrás, quando procurava o segredo do Monte Negev. "Minha primeira missão", lembrei-me, com afeto. Sem pestanejar, percorri uma pequena trilha que me conduziu até a rodovia Arad-Berseba, que liga as duas cidades e se estende até o Caminho do Sur, a estrada que beira o deserto e desemboca em Jerusalém. Aguardei sentado sob um pé de amoreira até um caminhão cor de abóbora cruzar o meu caminho. Ergui meu braço em sinal de carona, cerrei meus olhos e orei para Deus. O caminhão passou por mim, mas quando meus olhos se abriram avistei-o parado alguns metros à frente. Esta é uma das vantagens de ser um Padre, a facilidade com que se pega carona. Sorri para mim mesmo antes de chegar à porta, enorme e bem cuidada.

– Está indo aonde, Padre? – o motorista me perguntou, com simpatia. Abdul Ajdab era um sujeito com poucos cabelos, barbas compridas e olhos cor de caramelo. Vestia uma túnica creme e dirigia descalço. Sua barriga era tão grande e redonda que quase tocava o volante.

– Vou para Jerusalém – respondi receoso.

– Suba, também vou pra lá – ele disse, abrindo a porta.

– De onde você é? – perguntei ao meu recente amigo.

– De Bagdá. Estou à procura de um médico para tratar do meu câncer no estômago. Não quero morrer antes do nascimento do meu primeiro filho. Minha esposa está grávida de três meses e eu quero estar lá, segurando suas mãos quando ela der à luz – ele respondeu, com emoção.

Algumas lágrimas despencaram de seus olhos e se juntaram ao suor, que percorria seu rosto desde os ralos cabelos.

– Eu conheço uma pessoa que pode tentar ajudá-lo. Ele não é um médico, é um curador. Mas, para isso você precisa me levar até o Jardim de Getsemani, próximo a Gólgota.

– Eu o levo até lá – Abdul Ajdab concordou, demonstrando entusiasmo.

– Mais uma coisa – lembrei-me de Sophia, num súbito.

– O quê?

– Você precisa guardar este lugar em segredo – sussurrei, num tom sério.

– Pode confiar em mim, Padre.

Dias mais tarde, eu haveria de descobrir que aquele motorista, curado por Silas dentro da caverna onde a mãe de Cristo se esconde desde 2003, foi quem pegou carona comigo e não o contrário. Padma Yontem me confessou que Silas já o aguardava há meses, pois havia sonhado mais de uma vez com este sujeito entrando comigo na caverna em Getsemani. "No mínimo curioso", refleti.

Eu não consegui esconder a alegria que senti ao me encontrar novamente com Sophia, que se mostrava linda e forte, Miriam, Ana, Silas e com o meu grande amigo monge. Passei o restante do ano com eles, descansando, orando, plantando, caminhando por Jerusalém e cuidando da mãe de Cristo.

2012

Capítulo 29

Cairo, Egito
10 de março de 2012
Sábado

UM DIA DEPOIS DA TRAGÉDIA

Um relâmpago clareou a janela do carro, que trepidava com o vento, intenso e intermitente, e levou embora o meu sono. Dom Benedetto e eu havíamos chegado à capital egípcia fazia alguns poucos minutos, depois de um voo extremamente turbulento e cansativo. Frei Toninho ficou em Roma cuidando da igreja Santa Maria Maggiore, meu novo lar. Saímos de táxi do Aeroporto Internacional do Cairo, nas proximidades do bairro de Heliópolis, com destino à casa do menino apóstolo. Atravessamos a imensa rodovia Ring até o porto Saeed e pegamos a ponte Teraat Al Ismalliah, que beira o rio Nilo em toda a sua extensão. Entramos em uma ruela de paralelepípedos conhecida como Mohammed Farid, onde uma espécie de feira de pães estava acontecendo, sem nos despertar interesse, e seguimos até a Avenida 26 de julho. Dobramos à esquerda na estação Nasser do metrô e uma enorme via se precipitou à nossa frente. Havia um rio de águas chuvosas e lamacentas correndo pelos dois cantos da Avenida Ramsés, que antes era larga e bela, onde o trânsito se mostrava mais fervoroso que os caminhos para o Umbral. Os destroços das casas boiavam sobre as águas corridas. O cenário era realmente de assustar. As ruelas laterais estavam praticamente debaixo de água e pouquíssimas pessoas se arriscavam a perambular por elas. A sensação que me atacou o peito foi a de que aquela cidade, famosa por nunca dormir, se anunciava nocauteada e lançada à lona após uma enorme sequência de golpes. O carro caminhou por mais alguns metros e o Museu do Cairo já se revelava ao fundo, ao lado da Praça Al Tahrir, nosso destino. Contornamos a Praça e desembocamos numa pequena rua, Al Tahrir, onde Michael Alaor vive com seu pai e Esmeralda. Ao fundo, um campo de futebol de areia se destacava à frente das figueiras, que o separava do rio.

– Sybila está com ele? – perguntei a Dom Benedetto.

– Está – ele respondeu, enquanto o carro parava em frente a um sobrado de fachada branca, decorado com alguns tijolos avermelhados. Havia um pequeno portão de madeira sobre a calçada estreita à frente da casa. Na garagem, o lindo jipe verde do Sr . Alaor estava estacionado ao lado de um jardim, que margeava a pequena escada até a porta.

– É aqui?

– Sim – Dom Benedetto respondeu, com olhar pensativo. – Acho melhor você permanecer no carro. Eu não vou demorar – ele completou, em tom afirmativo.

Assenti sem perguntar o motivo, apenas acatei sua decisão. Gostaria de estar ao lado do menino, de confortá-lo, mas eu não aguentaria vê-lo, mergulhado em tamanha tristeza, exatamente na manhã após ele ter perdido sua namorada, sem lembrar-me de Sophia. No fundo, Sybila e Dom Benedetto imaginavam ou tinham absoluta certeza de que eu daria com a língua nos dentes. Dom Benedetto abriu o pequeno portão, se curvou para apanhar o jornal, que repousava no primeiro degrau da escada, e seguiu até a porta, que se abriu sem que ele precisasse tocar a campainha. Sybila apareceu de relance, numa pequena fresta entre a cortina e o batente da janela, e me fez um sinal de positivo com a mão. Eu retribuí o gesto e me coloquei a esperar. Imaginei o mundo desabando novamente sobre os ombros do menino apóstolo, que já havia perdido sua mãe aos oito anos de idade. “A vida é uma provação diária”, pensei, e aguardei num silêncio tranquilo, aproveitando que o motorista do táxi não havia demonstrado gosto pela prosa desde o aeroporto.

Capítulo 30

```
Cidade do Vaticano, Roma
27 de outubro de 2012
Sábado
```

ANOITECER SANGRENTO

Outubro foi um mês tão violento e sangrento que se ninguém soubesse que o fim dos tempos estava marcado para 21 de dezembro de 2012 o apocalipse teria sido antecipado para estes dias. Ao longo do globo terrestre, dezenas de milhares de pessoas haviam morrido durante as últimas semanas, equiparando ao número de mortos dos piores meses dos períodos bélicos, mais precisamente, as duas Grandes Guerras Mundiais. Os cadáveres se aglomeravam nas ruas, Praças, lagos e rios. Guerras regionais eram travadas por causa de gotas de água e migalhas de pão. Algumas pessoas chegavam a se alimentar dos próprios dedos. A malária, a febre amarela e a nova gripe voltaram ao cotidiano humano como verdadeiras pandemias. Nem o apóstolo João foi capaz de prever tanta tragédia em um único mês. Estávamos vivendo o final de um período conhecido como *A Grande Tribulação*, e tudo o que podíamos fazer era rezar. Este período, segundo o *Livro das Revelações*, descreve os momentos de terror que antecederiam o retorno de Cristo à Terra.

... pois então haverá grande tribulação, tal como nunca ocorreu desde o princípio do mundo até hoje, não, nem tampouco ocorrerá de novo.

(Evangelho segundo Mateus, 24:21).

Uma cerimônia na Praça de São Pedro, no Vaticano, havia sido marcada para abençoar todos os mortos deste sangrento mês de outubro. O céu cinzento e o dançar das folhagens daquela noite indicavam frio e chuvisco para a hora da missa. Mesmo assim, uma multidão de fiéis era esperada na Praça em frente à Basílica. Frei Toninho já me aguardava no furgão branco, ejetando mais fumaça no ar que os maiores incêndios ocorridos no planeta. Despedi-me de Dom Benedetto e segui com cenho preocupado até o portão da igreja. Eu não me sentia bem, minha pele se mostrava retesada e a batina marrom com capuz a incomodava como nunca. Algo tentava me fazer voltar, mas, como era de divina importância para meu amigo Frei Toninho, iríamos até lá com o objetivo de orar e assistir à Missa da Salvação, como ela estava sendo chamada.

Saímos às pressas pela Via Del Corso e seguimos na direção da Vila Borghese, conhecida pelo seu museu em meio a pinheiros e flores. Subimos a ponte Giacomo Matteoti até desembocar na Via Leone IV, de onde já se avistava os muros do Vaticano. Um enxame de pessoas se acotovelava em frente aos seus imenos portões. Estranhamente, uma correria num tom desesperado se precipitou pela Praça de São Pedro. Frei Toninho segurou firme em minha mão ao observar um homem armado vestido à moda árabe, com túnica e turbante, disparando tiros na multidão. Um soco firme me pegou desprevinido e grudou minha face à mão de um desses homens. Eu não consegui manter o equilíbrio e meu corpo foi lançado ao chão, num movimento brusco e único.

– Venha comigo! – um homem de turbante e arma em punho gritou e agarrou o Frei pelo colarinho de sua batina branca. Meu amigo foi arrastado e partiu, guiado como se fosse um cão, deslizando pelo chão áspero e serpenteando pelo meio da confusão. Eu me levantei com dificuldade e tentei segui-los, mesmo com as pernas trêmulas. Tudo o que eu consegui avistar foi a silhueta calva do Frei ao lado do árabe, armado até os dentes. Um forte rugido foi ouvido na multidão, seguido de um estouro ensurdecedor, vindo da Cúpula de Miguel Ângelo. A estátua de São Pedro, também conhecida como o Deus Júpiter, caiu sobre os fiéis e houve mais correria. Uma bandeira com o rosto do chacal foi erguida sobre o que restou da gôndola da Basílica de São Pedro e um alvoroço de felicidade foi disparado a plenos pulmões pelos baderneiros fanáticos. Eu sabia que a investida dos cristãos e dos judeus na tentativa de derrubar a mesquita de Al Aqsa e reconstruir o Templo de Salomão, em Jerusalém, meses atrás, instigaria atos de revanchismo. Estava escrito, inclusive pelos essênios. Varri o local com olhos atentos e observei, ao longe, centenas de pessoas pisoteadas e ensanguentadas. Ele era um deles! Frei Toninho se apresentava caído sobre um mar de gente, com os braços e pernas imóveis e seus olhos abertos miravam o imenso e eterno vazio. Em seu semblante lia-se paz. Não tive forças para gritar, tampouco correr. Caí de joelhos junto com a chuva, que ensopou minha batina e se uniu às minhas lágrimas e desesperadas orações. Eu necessitava me encontrar com Dom Benedetto, assim como as ondas do mar desejam a areia da praia.

Capítulo 31

Roma, Itália
17 de dezembro de 2012

A CARTA

Um suor frio atacou minha espinha de maneira nada tímida. Aquela era a última noite que eu passava na cidade, talvez por isso ou pelo fato de ter de me despedir de Dom Benedetto, a quem devo a vida, meu corpo se mexia de um lado para o outro sobre o colchão, na tentativa em vão de encontrar o descanso. O vento firme soprava aos uivos por fora do quarto e, somado ao trepidar ritmado da janela, bastante comum aos meus ouvidos, orquestrava a minha madrugada. Lembrei-me de Sybila num lampejo doce e o flash de seu rosto surgiu diante de meus olhos, desaparecendo logo em seguida. A cena se repetiu por mais meia dúzia de vezes. Um campo verde se abriu atrás de sua imagem e, sem pronunciar palavra alguma, Sybila acenou-me em tom de boa viagem, deu-me as costas e sumiu em meio ao sereno, que se projetava entre os arbustos.

– Espere! – gritei, inclinando meu corpo à frente.

Um denso vazio foi tudo o que meus ouvidos puderam tocar. Fitei o cômodo novamente. Era a última vez que o fazia. Avistei um bloco de papel e uma caneta ocupando o centro do criado-mudo, ao lado da cama. Estendi meu braço em sua direção, apanhei o papel e a caneta e, com o pensamento em Sybila, deitei-me de bruços e coloquei-me a escrever. Deixei que as palavras viessem de maneira livre, de dentro do meu coração, e se transportassem para o papel sem minha parcial intromissão, assim como fazem os grandes poetas. Não impedi o nascimento das lágrimas, tampouco o escorrer de seus filetes salgados, por sobre minha pele e lábios.

Sybila,

Quando esta carta chegar às suas mãos, já estarei a caminho de Jerusalém, próximo ao Monte das Oliveiras, para cumprir a missão que escolhi e que a mim fora confiada. Eu sempre fugi de situações que colocavam meus olhos frente a frente com o espelho, na tentativa de não enxergar quem realmente sou. Nunca quis ter de responder questões, cujo assunto viesse a penetrar dentro da escuridão de minha alma, para que eu não tivesse que me deparar novamente com erros tão cruéis, que infelizmente cometi no passado. É mais confortável e mais prático deixar todos esses tesouros malignos trancafiados secretamente nos porões da existência e seguir com a minha vida. Não é assim que se faz?

Mas, todas as vezes que tentei fazê-lo, os mesmos pesadelos, os mesmos espíritos dançantes das trevas, crucificaram a minha paz e levaram-me a desmoronar em culpa, impedindo-me de prosseguir. Já vi, ao longo de todas as minhas passagens por este planeta, diversos tipos de sofrimento, mas a culpa e o remorso são definitivamente, e, sem sombra de dúvida, os piores. Eles pregam seus punhos, arranham sua cabeça com uma coroa de espinhos, chicoteiam a sua pele até seus órgãos internos ficarem à mostra, e lhe amarram sem piedade em uma cruz só para que o mundo todo assista à sua destruição. Eu não posso mais conviver com isso. Aceito a minha missão com amor, gratidão e principalmente como um caminho para a redenção. Sei que ela me levará à morte, mas, acima de tudo, ela irá me despir de um peso que carrego há muito tempo e que me mostra os dentes a cada segundo, com hálito de fúria e fome, como um lobo a perseguir sua presa, cujo destino já está traçado e a sua sentença de morte assinada.

Embora você saiba de toda a verdade, ainda não me sinto confortável para aceitar-me de maneira completa. Por essa razão, escondo-me sob esta batina e atrás do nome que recebi e utilizo neste pequeno lapso de vida. Talvez, quando a minha missão estiver cumprida e a menina Cristo retornar à Terra com total segurança, eu esteja pronto para assumir sem medo minha verdadeira identidade. Por enquanto, assino apenas como Padre Horácio.

Segunda-feira, 17 de dezembro de 2012.

Assim que terminei a carta, arfei de maneira desajeitada e olhei na direção do relógio. Os ponteiros marcavam 1h30 da madrugada. Ainda estava em tempo de descansar, pelo menos por noventa minutos. Após isso, deixaria Roma para sempre e seguiria para Tel Aviv, no voo das 5 horas. Deitei-me na esperança de ser beijado por um sono leve e angelical, mas um perfume de enxofre queimado atingiu minhas narinas e derrubou qualquer chance de meus olhos adormecerem. Levei um susto ao me deparar com um flash da besta em frente à cama. Ele surgiu tal como um relâmpago, rápido e assombroso. A besta vestia uma batina marrom de franciscano e seus olhos vermelhos se descobriam escondidos no interior de um capuz, em meio à escuridão, que camuflava os traços de seu rosto. Havia um fuzil em seu braço esquerdo, apontado na minha direção. Meu corpo se projetou à frente e se acomodou sentado, com as costas apoiadas na cabeceira da cama. Lágrimas escorreram, mas, desta vez, elas vieram do medo, que me jantava a marteladas.

– Bispo, você irá morrer. Não saia de Roma – sua voz penetrou em meus ouvidos, num sussurro quente e vibrante, tal como um zumbido de abelhas. O mais assustador é que seus lábios não se moveram. Num súbito, ele se foi. Um silêncio de paz me abraçou por alguns segundos. Arfei com alívio, mas aquela sensação durou menos que um piscar de olhos. Seu rosto demoníaco reapareceu à minha frente e sua mão de três dedos tentou me agarrar pelo pescoço. Eu me esquivei a tempo e suas unhas cravaram o colarinho do meu pijama, que se desmanchou em suas unhas afiadas. Um disparo firme e oco, vindo do lado de fora, clareou a penumbra do quarto e o fez desaparecer, ao som do barulho do tiro. Ouvi passos firmes de uma pessoa correndo no pátio da Praça até perder força e desaparecer na calada da noite. Coloquei-me de pé e segui caminhando com infinita cautela até a janela, disposta do outro lado do cômodo. Um carro de polícia, seguido de mais outro, atravessaram a Via Ripetta em alta velocidade, com as sirenes a gritar de modo estridente, roubando de mim o que ainda podia restar do sono. Alguns curiosos abriram suas janelas ou saíram em suas varandas a fim de descobrir o que havia acontecido. Talvez, só pela arte de espiar.

– Padre, você viu alguma coisa? – uma mulher me perguntou de sua varanda, disposta à frente da igreja.

Eu apenas neguei com a cabeça, dei-lhe um sorriso forçado e puxei a cortina.

"Já está na hora de partir", pensei comigo, ao fitar o relógio novamente. "Graças a Deus", completei o pensamento, de maneira aliviada.

Capítulo 32

Jerusalém, Israel
Dia seguinte

CAVERNA DESCOBERTA

Miriam ergueu uma cumbuca de água e nos ofereceu para lavarmos as mãos antes de sentarmos à mesa. O almoço daquele início de tarde trazia pães, tâmaras, uvas, farofa de ameixas e saladas verdes em abundância. Alguns pequenos potes de homus decoravam as pontas irregulares da mesa de madeira, escura e comprida. Percorri o ambiente com os olhos, que se arrebataram com a beleza da imagem. "O cenário está à altura de uma obra de Da Vinci", pensei, num súbito, e deixei que meus lábios se curvassem num sorriso dócil e tímido. Pelos orifícios das paredes de granito e calcário, o sol ardia em filetes quentes e amarelados, que atravessavam toda a extensão da caverna. Minúsculos grãos de areia se apresentavam dançando no ar estático, por entre esses jatos de luz solar. Eu me via feliz ao lado de todos os meus amigos. Meu coração estava a quilômetros de distância de se sentir deslocado, solitário e com vontade de sumir, sentimentos que trago desde os tempos de garoto. O monge fez questão de se acomodar entre Miriam e eu. À nossa frente se sentaram Ana, Silas e Sophia, cuja barriga já se desenhava como uma ambiciosa forma planetária. O silêncio, que só era quebrado pelo delicioso tilintar dos talheres, se mostrava ameno e exalava o perfume da paz e do conforto, um cheiro raro para minhas narinas. Tudo parecia perfeito até que um sussurro de Sybila atravessou minha mente, como se fosse um tiro de espingarda.

– Descobriram o endereço da caverna.

– Quem? – perguntei, em pensamento.

– Os que morreram nas águas do Cairo – Sybila respondeu.

– Robert Kennedy? – indaguei confuso e em voz alta.

Não houve resposta. Voltei minha atenção à mesa e todos aguardavam alguma palavra de orientação, ansiosos e apreensivos. Eu precisava agir sem titubear.

– Levem Sophia para Cafarnaum, igreja São João do Apocalipse. Rápido! – ordenei, aos berros, erguendo meu corpo num súbito.

– O que aconteceu? – Silas perguntou, colocando-se de pé.

– Meu filho, não há tempo para perguntas. Vocês precisam sair daqui – respondi, sem pestanejar. – Ana, o monge sabe o caminho. Deixe o carro nas mãos dele.

– Vamos embora! – Sophia gritou. Seus olhos buscaram os meus e os encontraram lacrimejando. Ela não proferiu nenhuma palavra, mas seu cenho preocupado suplicava pela minha presença. Tudo o que eu mais desejava era partir com eles, mas a minha intuição dizia que eles deveriam partir sozinhos.

– Não posso ir com vocês – balbuciei, envolvendo Sophia em meus braços. Seu rosto, quente e úmido, acalentou meu peito, acelerado e amedrontado.

– Por quê? – ela me perguntou, num sopro.

– Descobriram a caverna. Esses homens não irão desistir se não encontrarem algo que querem muito – deixei que aquelas palavras desabrochassem de minha garganta, como se fossem pétalas de um girassol nascente.

Acompanhei meus amigos até a saída da caverna e não avistei perigo por perto. Mesmo assim, mantive o plano de pé, afinal, quem era eu para duvidar de Sybila?

Despedi-me de Miriam, em seguida, de Ana, que tantas vezes me deu carona e me atualizou sobre os assuntos relacionados ao apocalipse. Recebi um abraço caloroso de Silas, o curador. Por fim, o meu amigo monge, de quem eu sentirei falta por toda a eternidade, se despediu de mim com um beijo no rosto. Aquele estalo de amizade e fidelidade atingiu minha pele, como num choque elétrico. Minhas veias se dilataram e o sangue, por ora, azedo e ardido, atravessou seus caminhos com enorme ferocidade. Por poucos segundos, eu avistei, naquele mesmo local, um bando de guardas capturando o homem com o maior e mais puro coração que este planeta já teve o privilégio de receber, Jesus Cristo.

– Venha conosco! – Sophia sussurrou, em meus ouvidos, enquanto me oferecia um novo abraço e me libertava daqueles lúgubres pensamentos.

– Eu não posso, meu amor, infelizmente. Escute-me agora! – segurei delicadamente suas mãos, úmidas e macias, e encarei seus olhos com confiança. – Sua filha irá nascer com segurança, confie em mim! Entre naquele carro e vá embora – despedi-me e engoli as lágrimas, que já ameaçavam despencar de meus olhos, como uma tempestade anunciada por nuvens cinzentas e robustas.

Após acompanhar a partida, voltei ao interior da caverna e sentei-me, de costas para a entrada, à espera da morte, da qual eu já sentia o perfume e enxergava suas densas e tensas cores.

Capítulo 33

Deserto de Negev, Israel
Horas depois

FINAL

– Mãos para cima, seu verme sujo! – um grito ecoou alto e forte pelo interior da caverna.

– Robert Kennedy, como vai? – perguntei, com a voz calma e o corpo ainda de costas. Ergui as mãos tal como um bandido pego e inspirei de maneira profunda.

– Pensou que eu estivesse morto? Achou mesmo que ia se livrar do TAI só porque plantei o meu nome e o de meus colegas num jornalzinho qualquer? Quanta ingenuidade! – aquele homem de preto esbaforiu, aos risos.

– Acabe logo com isso – supliquei, colocando-me de pé.

– Cale a porra dessa boca! Eu dou as ordens aqui – ele retrucou, oferecendo-me o primeiro golpe, de uma sequência que eu julguei interminável. O punho cerrado me pegou de surpresa, acertando o meu nariz em cheio. Meus joelhos arquearam e eu caí sobre o solo arenoso da caverna vazia. Infinitos pontapés me roubaram o oxigênio, assim que atingiram a boca do meu estômago. Dois deles seguiram na direção de meus olhos, deixando o meu sangue escapulir em jatos rasantes e tingir de vermelho aquela areia, fina e clara.

– Aaaaaai – soltei um grito de dor longo e tímido, antes da penumbra dominar minha vista. Um saco plástico negro foi colocado em minha cabeça e meus braços retesados foram amarrados. O porta-malas do carro novamente me serviu de cômodo e eu segui trepidando e ardendo em dor até encontrar o presídio de Ein Odvat pela segunda vez. Minha cela era a mesma do ano passado, o guarda que me vigiava, não. Nada me incomodava. Eu permanecia estranhamente tranquilo e com os pensamentos equilibrados. A menina Cristo estava protegida e, a esta altura, já deveria estar chegando à igreja de São João do Apocalipse. Ela iria nascer a qualquer momento, o que me trouxe um leve sorriso delineado na face, totalmente estourada, desfigurada e dolorida.

Não pude precisar quantas horas havia passado desde que deixei a caverna, estava exausto para pensar nisso. O breu dominava o lado de fora da prisão e o vento quente, que chegava do corredor, multiplicava o ardor das centenas de feridas que tatuavam meu corpo.

– Não há comida! Apenas isto – o novo Tenente apareceu, como um fantasma na penumbra, e jogou um saco de lixo, contendo duas torradas secas e murchas, por entre as grades enferrujadas da minha cela. Não me vi com forças, tampouco com coragem para convidá-lo a entrar e dividir aquele alimento comigo. Até porque alguns momentos de sorte são ímpares e nunca se repetem. Eles batem à nossa porta uma única vez e nós devemos estar lá para atendê-los. "Eu atendi minha sorte da outra vez que estive aqui", pensei, recordando-me do Tenente Yan. Além disso, o meu estômago, oco e dolorido, suplicava por algo há tempos.

Avancei sobre as torradas como um animal selvagem e como se aqueles dois pedaços de pão, duros como rochas, fizessem parte de uma refeição divina. A Santa Ceia surgiu em meus devaneios, como uma flechada no peito. A imagem de uma mesa de madeira sólida e de um homem de barbas e cabelos compridos a falar de amor e de um traidor trouxe-me uma sensação asfixiante.

– Não! – gritei, lançando as torradas ao ar. Elas se chocaram com a parede e se espatifaram no chão em dezenas de pedaços. Caí aos prantos e adormeci repleto de sentimentos aflitivos e ausente de sonhos por aproximadamente vinte e quatro horas.

– Ei, acorde – o novo Tenente gritou alto do corredor.

– Que dia é hoje? – perguntei, abrindo os olhos com dificuldade.

– Dezenove de dezembro.

– Que horas são? – olhei confuso para o corredor escuro.

– São 20 horas – o Tenente respondeu, com a voz seca e curta.

– Obrigado – agradeci.

– Tenho um recado pra você.

– Pra mim? De quem?

– De um colega meu e é só por isso que eu estou lhe contando.

– Tenente Yan?

– Sim – afirmou.

– E qual é o recado? – perguntei, de maneira ansiosa.

– A menina nasceu – ele disse, sem nada entender.

Uma mistura de alívio, paz e satisfação invadiu meu coração e percorreu todas as veias de meu corpo. Eu não consegui conter minhas lágrimas ao notar um enorme feixe de luz a se formar pelo corredor escuro, clareando aquele início de noite, como se estivéssemos na hora do almoço. Olhei na direção do Tenente e ele estava extasiado com aquele brilho, que acalentava e dominava o ambiente, antes escuro e frio. "Cristo retornou à Terra", pensei, em prantos. Num súbito, imaginei meu amigo monge, com os joelhos apoiados na areia em reverência à criança iluminada que acabara de nascer, e o nome Maitreya pulsando pelo interior de sua garganta com a mesma intensidade das lágrimas, que escorregavam de seus olhos estreitos sem timidez alguma. Ao seu lado, os essênios garantiam a proteção necessária à menina, filha de Deus, que há pouco havia retornado ao nosso mundo, e à Sophia, sua mãe. Eles deveriam estar todos juntos. Permaneceriam assim até os últimos suspiros de vida humana em nosso planeta. "Como eu gostaria de estar com eles", desejei em pensamento, com os olhos marejados, úmidos e avermelhados.

– O que você tem? Por que você está aqui? – ele me perguntou, com a voz tranquila e entrecortada.

– Tenente, o que vou lhe revelar me trouxe para este lugar pela segunda vez e causará a minha morte.

– Diga-me – ele se ofereceu para me escutar. Suas mãos se apoiaram nas grades da cela e ele recostou sua cabeça no dorso da mão direita.

– Tenente, o que você faria se soubesse que o nosso mundo chegaria ao fim em menos de dois dias?

– Qual é a brincadeira? – ele retrucou, com cara de poucos amigos.

– Responda – insisti, sem medo.

– Eu iria ao encontro da minha esposa e dos meus dois filhos – sua voz soou, ressabiada e sem força.

– Então vá agora por que é isso o que irá acontecer no dia 21 de dezembro. Você nem precisa me soltar. Apenas me esqueça aqui, trancafiado nesta espelunca.

– Esta é a história mais absurda que já ouvi em toda a minha vida – disse o homem, entrando na cela com os beiços tremendo de tanto rir.

Eu apenas baixei meus olhos, num movimento único, e respirei, de maneira profunda e serena, antes de encarar o Tenente, postado em pé à minha frente. Os dedos dele encontraram minha face, num estalo ardido e quente. A bofetada fez minha pele tremer e tingiu de vermelho a maçã de meu rosto. Meus olhos piscaram úmidos diante de mais uma pancada, mas resistiram ao choro de maneira corajosa. No momento seguinte, uma goma de saliva aterrissou em meus cabelos ralos ao mesmo tempo em que meu nariz foi tocado pelos nós de seus dedos cerrados. Desta vez, eu não tive como conter o sangue e fui lançado num longo desmaio àquele chão gelado, humilhado e uivando de dor.

Meus olhos se abriram com o canto de um pássaro, pousado sobre o alicerce de uma das grades da cela. A se julgar pela luminosidade, que se arremessava corredor afora, um novo dia se anunciava de maneira fervente e céu azulado. Um prato contendo duas bolachas cruas e um copo de café foi notado assim que virei a cabeça para me esquivar de um filete de sol, que me cegava a vista. Eu avancei nas bolachas como um lobo selvagem e nem me dei conta de que aquela viria a ser a minha última refeição. O café estava amargo e frio, mesmo assim, lancei aquele líquido pastoso na direção da minha garganta de um só gole, dando de ombros. O novo Tenente veio ao meu encontro e se posicionou à frente das grades. Eu o cumprimentei, com um aceno de cabeça, demonstrando que havia notado a sua presença.

– Está pronto? – ele me perguntou.

– Sim, estou – respondi de imediato e sem pestanejar.

O trinco da prisão estalou alto por duas vezes antes da porta se abrir e aquele jovem e belo rapaz algemar minhas mãos e me conduzir na direção do meu último suspiro.

– Como vai ser? – perguntei, num sussurro.

– Tiros. É rápido e menos doloroso – ele disse, tentando me confortar. Eu me sentia estranhamente tranquilo e pacífico. Meu peito não me apunhalava como de costume e meus medos já não me traziam tanto desconforto e malefício. Segui caminhando pelo corredor, agora iluminado, até chegar a uma escada em espiral. Subi na frente do soldado e meus olhos arderam quando avistaram o sol, que já queimava febril do lado de fora. Um imenso campo de terra se abriu diante de meus pés. Ao longe, o Monte Negev se apresentava esplêndido e delineado com o horizonte. Seu cume achatado estava encoberto por algumas poucas nuvens, as únicas que podiam ser vistas no céu azul-turquesa daquela manhã.

– Daqui a poucas horas, o mundo todo irá se juntar a mim – eu balbuciei ao soldado com convicção. Ele permaneceu calado e continuou me conduzindo pelo braço até uma mureta de terra batida, que se erguia ao lado do prédio. O Tenente Yan se apresentou à minha frente com um fuzil em punho. Seus olhos se mostravam avermelhados e inchados.

– Padre, você quer dizer algo? – O novo Tenente me indagou.

– Minhas últimas palavras? – perguntei, com a voz entrecortada, os olhos encarando o Tenente Yan.

– Sim – ele respondeu, cabisbaixo.

Balancei a cabeça negativamente. Um silêncio quente e confortante se fez por alguns instantes até que o Tenente Yan me alertou:

– Está na hora, Padre. Perdoe-me!

– Não há o que perdoar. Estou agradecido por ser você – respondi, com leveza. Curiosamente, meu coração estava apertado muito mais por preocupação com ele do que pela minha morte. Para minha surpresa, passos apertados vindos da montanha à minha frente se fizeram ouvir e uma mulher de cabelos encaracolados, caídos na altura dos ombros, surgiu, de repente, carregando uma criança em seu colo. "Não pode ser", pensei, com a mente exausta.

– O que você está fazendo aqui, Sophia? – sussurrei, em uma voz tão baixa, que nem meus próprios ouvidos foram capazes de escutar.

Fitei novamente a montanha à frente e meus lábios se esticaram, num sorriso leve e adocicado, ao vê-la correndo na minha direção.

– Não! – um grito com a voz de Sophia ecoou em meus tímpanos, como se fosse o sino de uma igreja romana, anunciando o início de uma cerimônia. Eu tentei confortá-la, como me acostumei a fazer em nossos poucos encontros, mas minhas palavras foram engolidas pelo som do disparo. O tiro estalou firme pelo cano duplo do fuzil e uma fumaça se ergueu em frente ao rosto do Tenente Yan. Ele caiu antes de mim, de joelhos e aos prantos. Levei minhas mãos ao peito ensanguentado assim que o projétil quente perfurou minha carne. Minhas pernas arquearam-se e meu corpo foi lançado à areia fervente do deserto de Negev, onde tudo começou.

– Judas, obrigada! – Sophia gritou, a plenos pulmões.

Essas foram as palavras que escutei antes de cerrar meus olhos pela última vez.

Epílogo

Enquanto a vida não era levada de mim e meu corpo teimoso tentava respirar em vão, minha alma foi beijada por um sentimento de liberdade nunca antes experimentado. Aqueles minutos que se seguiram trouxeram-me inúmeras imagens, no exato momento que um vento fresco acariciou minha pele, já em processo de decomposição.

Os erros que cometi foram os primeiros flashes a chegar. Em seguida, os poucos momentos de alegria me cumprimentaram, momentos que eu havia até duvidado terem existido. Sorri com dificuldade, mas com enorme doçura ao pensar em quantos amigos eu fiz nesta última passagem por este planeta e em como eles me auxiliaram durante as missões que me aventurei a cumprir, e que acabaram por me trazer redenção. E o que é a vida neste planeta senão uma redenção?

Você ganha enquanto outro perde. No momento seguinte, é você quem é derrotado por aquele que perdeu. Você chora pela vida que chega ao mesmo tempo em que seu semelhante se derrama em lágrimas por alguém que vê partir. Você peca, é humilhado e, instantes depois, você se santifica. Você cai de joelhos, arrependido pelo erro que cometeu, pouco antes de alguém se ajoelhar para tocar seus pés, em sinal de gratidão. Assim é a nossa vida, não é?

Pouco a pouco, as imagens que a mim surgiam a toda velocidade se transformaram em turvas silhuetas e, num instante posterior, mergulharam numa intensa e silenciosa penumbra. Eu não cheguei a ver o fim do mundo. Arfei pela última vez minutos antes de o primeiro corpo celeste tocar Meggido e iniciar a extinção da humanidade. A Terra ainda assistiria a mais dois estouros antes da água e do fogo engolirem a vida em nosso planeta, exatamente no dia 21 de dezembro de 2012, da mesma forma que Michael Alaor, o menino do Cairo, também conhecido como João, o apóstolo, havia previsto.

Meu peito se contraiu numa dor quase insuportável e, antes de eu me entregar totalmente ao mundo dos mortos, Sybila veio descansar em minha mente.

– Sybila, qual é o nome da menina? – perguntei, em pensamento, à mulher mais poderosa que conheci nesta vida, sem a certeza de que receberia alguma resposta.

Mas, para minha sorte, ouvi um sussurro extremamente baixo e repeti aquele nome divino com o que ainda me restava de força.

– Mapiam – meu corpo encontrou a morte com o nome de Cristo preso nos lábios.

FIM